Henry Miller

Der Engel ist mein Wasserzeichen

Erzählungen

Aus dem Amerikanischen
von Kurt Wagenseil

rororo
Rowohlt

Veröffentlicht im
Rowohlt Taschenbuch Verlag GmbH,
Reinbek bei Hamburg, Juli 1996
Die Erzählungen der vorliegenden
Ausgabe wurden dem Band
«Schwarzer Frühling» entnommen

Titel der Originalausgabe
«Black Spring», Obelisk Press, Paris

Umschlaggestaltung Beate Becker/Gabriele Tischler
Gesetzt aus der Sabon (Linotronic 500)
Gesamtherstellung Clausen & Bosse, Leck
Printed in Germany
200 ISBN 3 499 22076 8

Inhalt

Ein Samstagnachmittag

Dies ist besser, als Vergil zu lesen.

Es ist Samstagnachmittag, und dieser Samstagnachmittag unterscheidet sich von allen anderen Samstagnachmittagen und ähnelt in keiner Weise einem Montagnachmittag oder einem Donnerstagnachmittag. Während ich an diesem Tag auf die Brücke von Neuilly zufahre, an der kleinen Robinsoninsel und dem an ihrem Ende stehenden Tempel vorbei, in dem sich die kleine Statue wie ein Samenlappen in der Höhlung einer Blütenglocke ausnimmt, habe ich ein solches Heimatgefühl, daß es mir unbegreiflich erscheint, daß ich in Amerika geboren bin. Die glatte Stille des Wassers, die Fischerboote, die Eisenstangen, die das Fahrwasser abgrenzen, die tiefbordigen Schlepper mit schwerfällig ausgebuchteten Rümpfen, die schwarzen Fährboote und die glänzenden Deckstützen, der unveränderliche Himmel, der in vielen Biegungen sich hinziehende Fluß, die sich weit hinstreckenden und immer das Tal umschließenden Hügel, das ständig wechselnde und sich doch gleichbleibende Panorama, die Buntheit und Bewegung des Lebens unter dem unveränderlichen Zeichen der Trikolore, das alles ist die Geschichte der Seine, die mir im Blute liegt und in das Blut aller eingehen wird, die nach mir kommen, wenn sie an einem Samstagnachmittag an diesen Ufern entlangfahren.

Als ich auf der nach Meudon führenden Straße die Brücke in Boulogne überquere, wende ich und fahre bergab auf Sèvres zu. In einer menschenleeren Straße sehe ich ein kleines Gartenrestaurant. Die Sonne sickert durch die Blätter und wirft helle Flecke auf die Tische. Ich steige ab. – Was ist besser, als Vergil zu lesen oder Goethe auswendig zu lernen (alles Vergängliche ist nur ein Gleichnis usw.)? Nun, in Issy-les-Moulineaux im Freien unter einem Sonnendach für acht Francs zu essen. *Pourtant je suis à Sèvres*. Macht nichts.

Mir ist kürzlich der Gedanke gekommen, ein *Journal d'un Fou* zu schreiben, das ich, wie ich mir einbilde, in Issy-les-Moulineaux gefunden habe. Und da ich selbst zum größten Teil dieser *fou* bin, esse ich nicht in Sèvres, sondern in Issy-les-Moulineaux. Und was sagt der *fou*, wenn die Kellnerin mit der Maß Bier kommt? *Bekümmern Sie sich nicht um die Fehler, wenn Sie schreiben. Die Biographen werden sie schon erklären*. Ich denke an meinen Freund Carl, der die letzten vier Tage damit zugebracht hat, die

Beschreibung der Frau, die er in seinem Roman darstellen will, in Fluß zu bringen. «Es gelingt mir nicht, ich bring's einfach nicht zuwege!» sagt er. «Schön», erwidert der *fou*, «dann laß *es mich* für dich tun. *Beginne!* Das ist die Hauptsache.» Wenn sie nun keine Adlernase hat? Angenommen, es ist eine Himmelfahrtsnase? Was ist der Unterschied? Wenn ein Porträt schlecht beginnt, so kommt es daher, daß du nicht die Frau beschreibst, die du im Sinne hast. Du denkst mehr an jene, die das Porträt besichtigen werden, als an die Frau, die dir das Bild sitzt. Nimm van Norden – ein anderer Fall. Er versucht seit zwei Monaten, mit seinem Roman anzufangen. Jedesmal, wenn ich ihn treffe, hat er einen neuen Anfang für sein Buch. Es kommt nie über den Anfang hinaus. Gestern sagte er: «Du siehst, wo das Problem für mich liegt. Es handelt sich nicht nur darum, wie man beginnen soll – nein, die erste Zeile entscheidet über den ganzen Guß des Buches. Schau, so habe ich neulich angefangen: Dante hat ein Gedicht über einen Ort namens H – geschrieben. H – Gedankenstrich, weil ich keine Unannehmlichkeiten mit der Zensur haben will.»

Man stelle sich ein Buch vor, das mit H – Gedankenstrich beginnt. Eine kleine Privathölle, damit die Zensur keinen Anstoß nimmt! Ich sehe, daß Whitman, wenn er ein Gedicht beginnt, schreibt: «Ich, Walt, 37 Jahre alt und bei vollkommener Gesundheit!... Ich nehme es mit meiner Vision auf... Ich bin in mich selbst verliebt – Walt Whitman, ein *Kosmos*, Manhattans ungeratener Sohn, fleischig, sinnlich, trinkt und zeugt! Schraubt die Schlösser von den Türen! Reißt noch dazu die Türen von ihren Pfosten... jetzt oder später, das ist mir gleich... Ich bin wie ich bin, und das genügt!...»

Bei Walt ist es immer Samstagnachmittag. Wenn die Frau schwer zu beschreiben ist, gibt er es zu und hört bei der dritten Zeile auf. Am nächsten Samstag fügt er, wenn das Wetter es erlaubt, vielleicht einen fehlenden Zahn oder einen Knöchel hinzu. Alles kann warten, bis seine Stunde kommt. «Ich akzeptiere die Zeit vollkommen.» Wogegen mein Freund Carl, der die Vitalität einer Bettwanze hat, in die *Hose* pißt, weil er nach Verlauf von vier Tagen nur ein Negativ in der Hand hat. «Ich sehe keinen Grund», sagt er, «warum ich jemals sterben sollte – es müßte denn ein unvorhergesehener Unfall eintreten.» Dann reibt er sich die Hände und schließt sich in sein Zimmer ein, um seine Unsterblichkeit zu überleben. Er lebt wie eine unter der Tapete verborgene Wanze.

Die heiße Sonne dringt durch das Zeltdach.

Ich bin aus dem Häuschen, weil es mit meinem Sterben so schnell geht. Jede Sekunde zählt. Ich höre die Sekunde nicht, die gerade weggetickt ist – ich klammere mich wie ein Verrückter an diese Sekunde, die sich noch nicht angekündigt hat... Was ist besser, als Vergil zu lesen? Dies! Dieser explodierende Augenblick, der sich noch nicht in Tick oder Tack umgesetzt hat, dieser ewige Augenblick, der alle Werte, Abstufungen und Unterschiede zerstört. Dieser aus einer verborgenen Quelle hochaufschießende Sprudel. Da sind keine Wahrheiten zu verkünden, keine Weisheiten mitzuteilen. Ein Aufsprudeln und ein Gebabbel, das sich gleichzeitig an alle Menschen wendet, wo sie auch seien und welche Sprache sie auch sprechen mögen. Jetzt ist der Schleier, der den Wahnsinn von der Vernunft trennt, am dünnsten. Jetzt ist alles so einfach, daß es einem lächerlich vorkommt. Von diesem Gipfel der Trunkenheit rollt man auf das Plateau der guten Gesundheit, wo man Vergil, Dante, Montaigne und alle anderen liest, die nur von dem Augenblick, von der Explosion des Augenblicks gesprochen haben, die einem für immer in den Ohren bleibt... Zu allen Menschen auf einmal sprechen. Ein sprudelndes Gebabbel. Dies ist der Augenblick, wo ich das Glas an die Lippen hebe, wobei ich gleichzeitig die Fliege bemerke, die sich auf meinen kleinen Finger gesetzt hat, und die Fliege ist für diesen Augenblick genauso wichtig wie meine Hand oder das Glas, das sie hält, oder das Bier im Glas oder die Gedanken, die vom Bier geboren werden und mit ihm sterben. Dies ist der Augenblick, wo ich weiß, daß man einen Wegweiser mit der Aufschrift «Nach Versailles» oder «Nach Suresnes», jeden und alle Wegweiser, die nach diesem oder jenem Ort zeigen, gar nicht beachten, sondern immer dahin gehen sollte, wohin kein Wegweiser zeigt. Das ist der Augenblick, wo die verlassene Straße, an der ich Platz genommen habe, von Menschen wimmelt und alle überfüllten Straßen leer sind. Dies ist das beste Essen, wenn es auch das schlechteste ist, das ich je gekostet habe. Dies sind Speisen, die allein das Genie berühren wird – immer zur Hand, leicht verdaulich und einen Appetit nach weiteren erregend. «War der Roquefort gut?» fragt die Kellnerin. «Göttlich!» Der ranzigste, der wurmigste, der lausigste Roquefort, der je hergestellt wurde, wimmelnd von den Würmern Dantes, Vergils, Homers, Boccaccios, Rabelais' und Goethes, von allen Würmern, die es je gegeben hat und die in Käse übergegangen sind. Man muß Genie haben, um diesen Käse zu essen. Dies ist der Käse, in dem ich mich begrabe, ich, Miguel Feodor François Wolfgang Valentine Miller.

Die Anfahrt zur Brücke ist mit Kieseln gepflastert. Ich fahre so langsam, daß jeder Kiesel für sich eine besondere Botschaft zu meiner Wirbelsäule entsendet und durch die Wirbel hindurch zu dem zerbrechlichen Käfig, in dem die Medulla oblongata ihre Signale aufblitzen läßt. Und als ich in Sèvres über die Brücke fahre, wobei ich nach rechts und links schaue, überquere ich jede Brücke, die es gibt, ob sie über die Seine, Marne, den Ourcq, die Aude, Loire, den Lot, den Shannon oder den Liffey, den East River oder den Hudson geht, über den Mississippi, den Colorado, den Amazonenstrom, Orinoko, Jordan, Tigris oder Irawadi, überquere ich alle möglichen Flüsse, und ich habe sie alle überquert, eingeschlossen den Nil, die Donau, die Wolga, den Euphrat, und als ich in Sèvres über die Brücke fahre, brülle ich wie der besessene heilige Paulus: «Tod, wo ist dein Stachel?» Hinter mir Sèvres, vor mir Boulogne, aber das, was unter mir fließt, diese Seine, die irgendwo in einer Myriade kleiner Rinnsale ihren Anfang nahm, diese stille, aus einer Myriade Wurzeln weiterrieselnde Wasserader, dieser glatte Spiegel, der die Wolken weiterträgt und die Vergangenheit erstickt, immer und immer weiterströmend, während querdurch zwischen dem Spiegel und den Wolken ich mich bewege, ein vollkommenes, organisiertes Wesen, ein Weltall, in dem unzählige Jahrhunderte ihren Abschluß finden, ich und das, was über mir schwimmt, und alles, was durch mich hindurchzieht, ich und dies, ich und alles übrige, in einer ununterbrochenen Bewegung vereint, diese Seine und jede von einer Brücke überspannte Seine ist für einen Menschen, der sie mit dem Fahrrad überquert, das Wunder.

Dies ist besser, als Vergil zu lesen…

Auf der Rückfahrt nach St. Cloud läuft das Rad sehr langsam, während der Geschwindigkeitsmesser in dem zerbrechlichen grauen Käfig wie ein Projektionsapparat rasselt. Ich bin ein Mensch, dessen Manometer intakt ist, ein Mensch auf einer Maschine, die ich in der Gewalt habe. Ich fahre bergab mit angezogenen Bremsen, ich könnte genauso zufrieden eine Tretmühle bestrampeln und den Spiegel über mir und die Geschichte unter mir vorbeiziehen lassen oder umgekehrt. Ich fahre im vollen Sonnenschein, unzugänglich für alles außer für das Phänomen des Lichts. Vor mir zur Linken erhebt sich der Hügel von St. Cloud, die Bäume neigen sich über mich, um mich zu beschatten, die Straße ist angenehm und nimmt kein Ende, die kleine Statue ruht in der Glocke des Tempels wie ein Samenlappen. Jedes Mittelalter ist gut, sowohl beim Menschen wie in der Geschichte. Es ist heller Sonnenschein, und die Straßen gehen nach allen Richtungen, und alle Straßen gehen bergab. Ich möchte die Straße nicht eben machen und ihr auch keinen ihrer Buckel nehmen. Jeder Stoß sendet eine neue Botschaft in den Signalturm empor. Ich habe mir jede Stelle im Vorübergehen eingeprägt. Um meine Gedanken wiederzufinden, brauchte ich nur zurückzufahren, von neuem alle diese Buckel zu fühlen.

An der Brücke von St. Cloud mache ich halt. Ich habe es nicht eilig – ich habe den ganzen Tag zur Verfügung, um mich in Ruhe auszupissen. Ich stelle mein Rad in das Gestell unter dem Baum und gehe zu der Bedürfnisanstalt, um mein Wasser abzuschlagen. Alles ist würzig und saftig, selbst das Pissoir. Wie ich so dastehe und an den Häuserfronten hinaufschaue, beugt sich eine schüchtern aussehende junge Frau aus dem Fenster, um mich zu betrachten. Wie oft habe ich so in dieser lächelnden, anmutigen Welt gestanden, während die Sonne mich beschien und die Vögel mich liebestoll umzwitscherten und eine Frau mich von oben aus einem offenen Fenster betrachtete. Ihr Lächeln bricht in kleine, weiche Bissen auseinander, welche die Vögel mit ihren Schnäbeln ergreifen und manchmal an einem Pissoir niederlegen, wo das Wasser melodisch gurgelt, und siehe, da kommt auch schon ein Mann mit offenem Hosenlatz und schickt sich an, den dampfenden Inhalt seiner Blase auf die Krümchen zu schütten, die sich davon auflösen. Wenn ich so dastehe, Herz, Hose und Blase weit offen, scheint es mir, als ob ich mich an alle Bedürfnisanstalten erinnere, die ich je betreten habe. All die höchst angenehmen Empfindungen, all die höchst köstlichen Begebenheiten kommen mir dann wieder zum Bewußtsein, als wäre mein Gehirn ein mächtiger, mit weichen Kissen belegter Diwan und mein Leben ein langes Hindösen an einem heißen, einschläfernden Nachmittag. Ich finde es nicht so sonderbar, daß Amerika in die Mitte der Pariser Ausstellung in Chicago eine Bedürfnisanstalt gestellt hat. Ich glaube, daß sie dort hingehört, und halte sie für eine Huldigung, die alle Franzosen schätzen müßten. Es war zwar nicht nötig, dort die Trikolore zu entfalten. *Un peu trop fort, ça!* Und doch, wie soll ein Franzose wissen, daß eines der ersten Dinge, die einem amerikanischen Besucher auffallen, das ihn bis in die Eingeweide erregt und erwärmt, dieses allgegenwärtige Pissoir ist? Wie sollte ein Franzose wissen, daß das, was den Amerikaner so tief beeindruckt, der eine *Pissotière* oder eine *Vespasienne* oder was auch der Name sei, den man diesem Ding gibt, betrachtet, eben die Tatsache ist, daß er sich inmitten eines Volkes befindet, das die Notwendigkeit, pissen zu müssen, offen zugibt und auch weiß, daß man, wenn man schon pissen muß, auch ein Pissoir benötigt und daß, wenn man es nicht in aller Öffentlichkeit tut, man es verstohlen tun muß und daß es nicht ungereimter ist, auf der Straße als unter der Erde zu pissen, wo irgendein altes menschliches Wrack einen beobachten kann, um zu sehen, daß man keinen Unsinn treibt!

Ich bin ein Mensch, der viel und häufig pißt, was ein Zeichen großer geistiger Regsamkeit sein soll. Wie sich das nun auch verhalten mag, sicher weiß ich, daß ich in Not gerate, wenn ich in New York auf der Straße bin. Ständig frage ich mich da, wo wohl der nächste Haltepunkt sei und ob ich es so lange aushalten kann. Während es im Winter, wenn man sich kaputt und hungrig fühlt, ganz angenehm ist, ein paar Minuten in einem vornehmen unterirdischen «Waschraum» zuzubringen, sieht die Sache im Frühling ganz anders aus. Man pißt gern im vollen Sonnenlicht, unter menschlichen Wesen, die einem zuschauen und auf einen niederlächeln. Eine Frau, die sich niederhockt, um ihre Blase in eine Porzellanschüssel auszuleeren, mag ja gerade kein erfreulicher Anblick sein, aber niemand, der nur eine Spur Gefühl hat, kann leugnen, daß der Anblick eines Mannes, der hinter einem Blechstreifen steht und mit jenem zufriedenen, sorglosen, verlorenen Lächeln, jenem in die Ferne schweifenden, erinnerungsseligen, vergnügten Blick auf die vorüberziehende Menge schaut, etwas Wohltuendes ist. Eine volle Blase zu erleichtern ist eine der großen menschlichen Freuden. Es gibt gewisse Pissoirs, denen zuliebe ich gern einen großen Umweg mache, zum Beispiel der windschiefe Klapperkasten vor der Taubstummenanstalt, Ecke Rue St. Jacques und Rue de-l'Abbé-de-l'Epée, oder das Pneu Hutchinson in der Nähe des Luxembourg-Gartens, Ecke Rue d'Assas und Rue Guynemer. Hier entdeckte ich in einer balsamischen Frühlingsnacht – ich weiß nicht mehr, durch welche Verkettung von Umständen, aber das spielt hierbei gar keine Rolle – meinen alten Freund Robinson wieder. Die ganze Nacht verging in seligen Erinnerungen, in Qual und Schrecken, *wonnevoller* Qual, *wonnevollem* Schrecken.

«Das wunderbare Leben dieses Mannes» – so lautet die Vorrede zu der Originalausgabe – «übersteigt alles, was man in dieser Beziehung finden kann, denn kaum bietet das Leben eines einzigen Menschen eine solche Fülle verschiedenartiger Begebenheiten dar.» Die Insel, die jetzt Tobago heißt, liegt an der Mündung des mächtigen Orinoko, dreißig Meilen nordwestlich von Trinidad. Dort lebte dieser Mann Crusoe 28 Jahre lang in Einsamkeit. Die Fußstapfen im Sand, die auf dem Einband so schön hervorgehoben sind, der Wilde Freitag, der Sonnenschirm ... Warum hat diese einfache Erzählung die Menschen des 18. Jahrhunderts so bezaubert? Was sagt Larousse dazu?

«... Die Erzählung der Abenteuer eines Mannes, der, auf eine einsame Insel verschlagen, die Mittel findet, sich selbst zu genügen und sich sogar ein relatives Glück zu schaffen, das die Ankunft eines anderen menschlichen Wesens, eines von Robinson den Händen seiner Feinde entrissenen Wilden, vervollständigt ... Die Spannung, die dieser Roman erregt, wird nicht durch die psychologische Wahrheit hervorgerufen, sondern durch die Fülle so genau beschriebener Einzelheiten, daß sie uns wie wirkliche Vorgänge erscheinen.»

So fand also Robinson Crusoe nicht nur die Möglichkeit, sich zu erhalten, sondern baute sich dazu auch noch ein relatives Glück auf. Bravo! Da war endlich mal einer mit *relativem* Glück zufrieden! So unangelsächsisch! So vorchristlich! Um die Geschichte modern zu machen und Larousse als das Gegenteil davon erscheinen zu lassen, haben wir hier die Erzählung von einem Künstler vor uns, der sich selbst eine eigene Welt bauen wollte, die Geschichte des möglicherweise ersten echten Neurotikers, eines Mannes, der aus eigenem Willen Schiffbruch erlitt, um außerhalb seiner Zeit in einer eigenen Welt zu leben, die er mit einem anderen Wesen, *même un sauvage*, teilen konnte. Das Bemerkenswerte ist nun, daß er, durch die völlige Befriedigung seines neurotischen Triebes, sogar allein auf einer einsamen Insel ein relatives Glück fand, obschon er vielleicht nicht mehr besaß als eine alte Flinte und eine zerrissene Hose. Mit fünfundzwanzigtausend Jahren nachmagdaléniensischen «Fortschritts» als Erbgut in den Nerven machte er reinen Tisch und fing von vorn an. So faßte das 18. Jahrhundert relatives Glück auf. Und als Freitag auftaucht, ist der Kreis geschlossen, obschon Freitag oder Vendredi nur ein Wilder ist und eine andere Sprache spricht als Crusoe. Ich möchte dieses Buch noch einmal lesen – und werde es auch an einem regnerischen Tag tun. Ein bemerkenswertes Buch, erschienen, als unsere wunderbare faustische Kultur auf dem Gipfelpunkt angelangt war. Am Horizont wurden Männer wie Rousseau, Beethoven, Napoleon und Goethe sichtbar. Die ganze zivilisierte Welt blieb nächtelang auf, um dieses Buch in 97 verschiedenen Sprachen zu lesen. Ein Gemälde der Wirklichkeit im 18. Jahrhundert. Von nun an gibt es keine einsamen Inseln mehr. Von nun an ist jeder Ort, wo man auch geboren ist, eine einsame Insel. Jedermann ist seine eigene zivilisierte Insel, die Insel seines Selbst, auf der er Schiffbruch erlitten hat: Glück, ob es nun relativ oder absolut ist, kommt nicht mehr in Frage. Von nun an läuft jeder von sich selbst fort, um in seiner Phantasie eine einsame Insel zu entdecken, um dort diesen Traum Robinson Crusoe nachzuleben. Man sehe sich nur die klassischen Fluchtversuche an, wie sie Melville, Rimbaud, Jack London, Henry James, D. H. Lawrence – Tausende von ihnen – unternommen haben. Keiner von ihnen fand das Glück. Rimbaud fand den Krebs. Gauguin fand die Syphilis. Lawrence fand die weiße Pest. Die Pest, das ist's. Ob es nun Krebs, Syphilis oder Tuberkulose ist, eine Pest ist es immer. Die Pest des modernen Fortschritts: Kolonisation, Handel, Gratisverteilung von Bibeln, Krieg, Krankheiten, künstliche Glieder, Fabriken, Sklaven, Wahnsinn, Neurosen, Psychosen, Krebs, Syphilis, Tuberkulose, Anämie, Streik, Aussperrungen, Hunger, Nichtigkeit, Leerheit, Unruhe, Kampf, Verzweiflung, Langeweile, Selbstmord,

Bankrott, Arteriosklerose, Größenwahn, Schizophrenie, Bruch, Kokain, Blausäure, Stinkbomben, Tränengas, tollwütige Hunde, Autosuggestion, Selbstvergiftung, Psychotherapie, Hydrotherapie, elektrische Massage, Staubsauger, Büchsenfleisch, Nährpillen, Grapefruit, Hämorrhoiden, Brand... Keine unbewohnte Insel. Kein Paradies. Nicht einmal ein relatives Glück. Menschen, die so begierig darauf sind, sich selbst zu entkommen, daß sie das Heil unter Eisschollen oder in tropischen Sümpfen suchen, oder sie klimmen auf die Berge des Himalaja oder schnappen in der Stratosphäre nach Luft...

Was die Menschen des 18. Jahrhunderts faszinierte, war die Vision des Endes. Sie hatten die Nase voll. Sie wollten an ihren Ausgangspunkt zurückkehren, wieder in die Gebärmutter schlüpfen.

Das sind meine Addenda zu Larousse...

Was mir in dem Pissoir am Luxembourg-Garten auffiel, war der Umstand, wie wenig der eigentliche Inhalt des Buches bedeutete. Es war der Augenblick des Lesens, der den Ausschlag gab, der Augenblick, der das Buch enthielt, der Augenblick, der klar und für immer das Buch in die lebendige Gegenwart eines Zimmers stellte, zu der die Sonnenstrahlen gehörten, die eigentümliche Atmosphäre eines Krankenzimmers, die einfachen Stühle, der ausgetretene Teppich, der Küchen- und Geschirrgeruch, das massige und totenähnliche Bild der Mutter, die auf die Straße gehenden Fenster, welche die wirre Mischung einherstolzierender Gestalten, knorriger Bäume, Trambahndrähte, auf Dächern streunender Katzen, Fetzen von Angstträumen, die auf den Wäscheleinen tanzten, hin- und herschwingender Wirtschaftstüren, aufgespannter Sonnenschirme, matschigen Schnees, stolpernder Pferde, im Galopp fahrender Feuerwehr, gefrorener Scheiben, sprossender Bäume auf die Netzhaut warfen. Die Geschichte von Robinson Crusoe verdankt ihre Anziehungskraft – wenigstens für mich – dem Augenblick, in dem ich sie entdeckte. Sie lebt weiter in einer sich immer vergrößernden Menge von Gaukelbildern, in einem Leben, das ganz von phantastischen Vorstellungen erfüllt ist. Für mich gehört Robinson Crusoe in dieselbe Kategorie wie gewisse Teile von Vergil – oder *wieviel Uhr ist es?* Denn wenn ich an Vergil denke, denke ich automatisch: Wieviel Uhr ist es? Vergil ist für mich ein kahlköpfiger, bebrillter Hanswurst, der sich auf seinem Stuhl zurücklehnt und einen Fettflecken auf der Tafel hinterläßt. Ein Kahlkopf, der mit einer vier Jahre hindurch an fünf Tagen in der Woche simulierten Begeisterung weit den Mund aufreißt, einen großen Mund mit falschen Zähnen, und folgenden sonderbaren und unsinnigen Orakelspruch von sich gibt: *rari nantes in gurgite vasto*. Lebhaft erinnere ich mich an die teuflische Freude, mit der er diesen Satz aussprach. Ein großer Ausdruck nach dem Urteil dieses gottverdammten bebrillten Kahlkopfs. Wir skandierten den Satz, zerlegten ihn, sprachen ihn nach, schluckten ihn hinunter wie Lebertran, zerkauten ihn, als ob wir Tabletten gegen Durchfall einnähmen, öffneten den Mund genauso weit wie er und legten diesen Wunderspruch wie eine abgespielte Platte Tag für Tag auf, an fünf Tagen in der Woche, jahrein, jahraus, bis wir für unser ganzes Leben mit Vergil fertig waren.

Aber jedesmal, wenn dieser bebrillte Banause den Mund öffnete und den prächtigen Satz herausrollen ließ, hörte ich, was für mich im Augenblick viel wichtiger war: *Wieviel Uhr ist es?* Bald Zeit, zur Mathe zu gehen. Bald Zeit für die Pause. Bald Zeit, zum Waschen zu gehen. Ich werde mich nicht scheuen, die Wahrheit über Vergil und sein verdammtes *rari nantes in gurgite vasto* zu sagen. Ich sage ohne Erröten und Stammeln, ohne geringste Verlegenheit, ohne Bedauern und ohne Gewissensbisse, daß der

Aufenthalt auf der Toilette tausend Vergils aufwog, aufgewogen hat und immer aufwiegen wird. In der Pause kehrten wir zum Leben zurück. In der Pause schäumten wir, die sonst nicht bis fünf zählen konnten und wie Idioten dasaßen, vor Freude über. Rein in die Klos, raus aus den Klos, wir schmetterten die Türen gegen die Pfosten, zerbrachen die Schlösser. Es war, als hätten wir alle das Delirium tremens. Wir bombardierten uns mit unserem Frühstück, brüllten, fluchten, balgten uns herum, und bei alldem zitierten wir von Zeit zu Zeit *rari nantes in gurgite vasto*. Der Lärm war so furchtbar und der Schaden, den wir anrichteten, so groß, daß der Lateinprofessor oder, wenn dieser einmal auswärts aß, der Geschichtsprofessor uns in den Waschraum begleiten mußte. Und was für ein saueres Gesicht sie schnitten, wenn sie mit einem feinen Butterbrot in der Hand uns, die sonst so stummen kleinen Idioten, kreischen und plappern hörten. Sobald sie den Waschraum verließen, um ein wenig frische Luft zu schnappen, begannen wir laut zu singen, was übrigens nicht verboten war und was den bebrillten Professoren, die, so gelehrt sie auch waren, ebenfalls ab und zu die Toilette benützen mußten, sicher als ein beneidenswerter Zustand erschien. O die herrlichen Pausen auf den Toiletten! Ihnen verdanke ich die Kenntnis Boccaccios, Rabelais', Petronius' und des *Goldenen Esels*. Alle guten Bücher habe ich auf der Toilette gelesen. Wenn das Niveau sich mal etwas senkte, so höchstens durch *Ulysses* oder eine Detektivgeschichte. Im *Ulysses* gibt es Stellen, die man nur auf dem Lokus lesen kann, wenn man ihren Duft voll genießen will. Ich sage das nicht, um das Talent des Verfassers anzuschwärzen, sondern nur, um ihn ein wenig näher an die Gesellschaft von Abälard, Petrarca, Rabelais, Villon und Boccaccio heranzubringen – an diese echten, aufrichtigen Schöngeister, für die Mist Mist und Engel Engel waren. Gute Gesellschaft und keine *rari nantes in gurgite vasto*. Und je schäbiger, je verfallener der Lokus ist, desto besser ist es. Dasselbe gilt für Pissoirs. Wenn man Rabelais genießen will, zum Beispiel solch eine Stelle: *Wie soll man die Mauern von Paris wieder aufbauen*, empfehle ich einen ganz einfachen Bauernlokus, ein Holzhüttchen in einem Kornfeld mit einem halbmondförmigen Ausschnitt in der Tür, durch den silbernes Licht hereinsickert. Da braucht man auf keinen Knopf zu drücken, an keiner Kette zu ziehen, kein rosa Toilettenpapier zu benützen. Nur ein rohgezimmerter Sitz, groß genug, daß dein Hintern hineingeht, und noch zwei weitere, ebenso passend geschnittene Löcher für andere

Hintern. Wenn man einen Freund dabei hat, der sich neben einen setzen kann – großartig! Ein gutes Buch liest sich in guter Gesellschaft immer besser. Man kann dort in dem Holzhäuschen mit einem Freund eine nette halbe Stunde verbringen – eine halbe Stunde, die man sein ganzes Leben nicht mehr vergißt, ebensowenig wie das Buch und den feinen Duft desselben.

Kein großes Buch, laßt es euch gesagt sein, kann dadurch Schaden nehmen, daß man es mit auf den Lokus nimmt. Nur die kleinen leiden darunter. Nur die kleinen Bücher verwandeln sich in Arschwischer. Zum Beispiel *Der kleine Cäsar*, das jetzt ins Französische übersetzt ist und zur Passions-Serie gehört. Wenn ich es durchblättere, so ist es mir, als wäre ich wieder in Amerika und läse die Schlagzeilen, hörte die gottverdammten Radios, tränke billigen Gin, steckte jungfräulichen Huren einen Maiskolben in den Hintern, hinge Neger auf und verbrennte sie bei lebendigem Leibe. Die Scheißerei kann man davon bekommen. Es ist genauso mit dem *Atlantic Monthly* oder mit jedem anderen «Monthly», mit Aldous Huxley, Gertrude Stein, Sinclair Lewis, Hemingway, Dos Passos, Dreier usw. ... usw. ... Ich höre keine Glocke in mir läuten, wenn ich diese feinen Vögel mit aufs Wasserklosett nehme. Ich ziehe die Kette und flutsch! weg sind sie! Auf dem Grunde der Seine und im Atlantischen Ozean. Vielleicht werden sie nach einem Jahr wieder an die Oberfläche kommen – an den Gestaden von Coney Island, an der Küste von Midland oder in Miami, gleichzeitig mit toten Medusen, Schnecken, Muscheln, gebrauchten Präservativs, rosa Toilettenpapier, den Nachrichten von gestern und den Selbstmorden von morgen...

Keine Blicke durch Schlüssellöcher mehr! Keine Masturbation im Dunkeln! Keine Geständnisse mehr über sexuelle Erlebnisse. *Reißt die Türen aus den Angeln!* Ich will eine Welt, wo die Vagina durch einen einfachen, ehrlichen Schlitz dargestellt ist, eine Welt, die ein Gefühl für Knochen und Umrisse hat, für starke Grundfarben, eine Welt, die Respekt vor ihrem tierischen Ursprung hat. Ich habe es satt, mir dauernd frisierte, entstellte, entartete, idealisierte Votzen anzusehen, Votzen mit bloßgelegten Nervensträngen. Ich will keine jungen Mädchen mehr sehen, die im stillen Kämmerlein masturbieren oder sich die Nägel beißen oder sich das Haar raufen oder ein ganzes Kapitel lang auf einem mit Brotkrümchen bestreuten Bett liegen. Ich will madagassische Totenbretter mit lauter Tieren darauf, und ganz oben Adam und Eva, und Eva mit einem guten, unverhüll-

Schlitz zwischen den Beinen. Ich -maphroditen, keine unvollkom- nungen mit einem zusammengeschrumpften Penis oder einer ausgetrockneten Fud. Ich will klassische Reinheit, wo Scheiße Scheiße ist und ein Engel ein Engel. Die Bibel des Königs Jakob zum Beispiel. Nicht Wycliffes Bibel, nicht die Vulgata, nicht die griechische, nicht die hebräische, sondern die herrliche, mörderische Bibel, die geschaffen wurde, als die englische Sprache in Blüte stand, wo ein Wortschatz von zwanzigtausend Vokabeln genügte, um ein Denkmal für alle Zeiten zu errichten. Eine Bibel auf schwedisch oder tegalisch, eine Bibel für Hottentotten oder Chinesen, eine Bibel, die sich durch den Treibsand der französischen Sprache winden muß, ist keine Bibel, sondern ein elendes Machwerk. König Jakobs Bibelübertragung wurde von einer Rasse von Knochenbrechern geschaffen. Sie läßt die urzeitlichen Mysterien wieder aufleben, Vergewaltigung, Mord und Blutschande, sie hat keine Scheu vor Fallsucht, Sadismus und Größenwahn, führt Dämonen, Engel, Drachen, Leviathans vor, Zauberei, Teufelsaustreibung, ansteckende Krankheiten, Hexerei, Brudermord, Vatermord, Selbstmord, Hypnotismus, Anarchismus, Somnambulismus sind ihr vertraut, sie verherrlicht den Gesang, den Tanz, den Geschlechtsakt, sie läßt die Wahrsagerei wiederauferstehen, das Chthonische, das Sakrale, das Geheimnisvolle, macht deutlich die Macht, das Böse, die Herrlichkeit Gottes. In einem riesigen Maßstab wird alles an den Tag gebracht und offengelegt, und es ist so gesalzen und gewürzt, daß es bis zur nächsten Eiszeit dauern wird.

Eine klassische Reinheit also – und zum Teufel mit der Postbehörde! Was erhält denn die Klassiker am Leben, wenn sie in der Tat weiterleben und nicht sterben wie wir und alle um uns? Was bewahrt sie vor den Verheerungen der Zeit, wenn nicht das Salz, das in ihnen ist? Wenn ich Petronius, Apulejus oder Rabelais lese, wie nahe scheinen sie doch! Dieser Salzgeruch! Dieser Menageriegeruch! Der Geruch von Pferdepisse und Löwendung, des Tieratems und der Elefantenhaut. Obszönitäten, Wollust, Grausamkeit, Überdruß, Witz. Echte Eunuchen, echte Hermaphroditen. Echte Pints, echte Fud. *Richtige Bankette!* Rabelais baut die Mauern von Paris aus menschlicher Fud auf. Trimalchio kitzelt sich die Kehle, speit seinen Darminhalt aus und wälzt sich in seinem eigenen Kotzbrei. Am Amphitheater, wo ein fetter, schläfriger und perverser Cäsar sich gelangweilt rekelt, zermalmen die Löwen, Schakale, Hyänen, Tiger und gefleckten

Leoparden echte Menschenknochen, während die kommenden Männer, die Märtyrer und Schwachköpfe, die goldenen Treppen hinaufsteigen und Halleluja singen.

Wenn ich auf Toiletten zu sprechen komme, erlebe ich von neuem einige der schönsten Augenblicke meines Lebens. Wenn ich im Pissoir von Boulogne stehe, der Hügel von St. Cloud zu meiner Rechten, die Frau im Fenster über mir, und die Sonne auf das stille Wasser des Flusses scheint, sehe ich, wie der sonderbare Amerikaner, der ich bin, seine stille Weisheit anderen Amerikanern überliefert, die mir folgen und einst in vollem Sonnenschein in einem bezaubernden Winkel Frankreichs stehen und ihre vollen Blasen erleichtern. Und ich wünsche ihnen alles Gute und keinen Grieß in den Nieren.

Im Vorübergehen empfehle ich einige andere Pissoirs, die ich gut kenne, wo vielleicht keine Frau auf einen herunterlächelt, wo aber ringsum zerbröckelndes Mauerwerk ist, ein alter Burgturm, die Fassade eines Palais, ein Platz mit farbigen Markisen, ein Tränktrog für Pferde, ein Schwarm Tauben, ein Bücherstand, ein Gemüsemarkt... Fast immer haben die Franzosen den richtigen Platz für ihre Pissoirs gewählt. Mir fällt eines in Carcassonne ein, das mir, wenn ich die richtige Stunde wählte, eine unvergleichliche

Aussicht auf die Zitadelle bot. Es ist so gut hingestellt, daß einen, wenn man nicht gerade bedrückt oder zerstreut ist, derselbe Stolz, dasselbe Staunen und dieselbe Ehrfurcht, dieselbe heiße Liebe zu dem Ort ergreift, die der müde Ritter oder der Mönch fühlten, wenn sie am Fuß des Berges rastend, wo jetzt der Fluß fließt, der einst die Epidemien hinwegspülte, aufblickten und ihre Augen auf den grimmigen, heißumkämpften Mauertürmchen ruhen ließen, die gegen einen vom Wind durchtosten Himmel standen.

Und gleich fällt mir noch ein anderes ein – gerade neben dem Papstpalast in Avignon. Nur einen Steinwurf weit von dem reizenden kleinen Platz, der in einer Frühlingsnacht mit Samt und Spitzen, mit Masken und Konfetti bestreut scheint. So still fließt die Zeit dahin, daß man den fernen schwachen Klang von Hörnern hören kann; die Vergangenheit gleitet wie ein Geist vorbei und ertrinkt dann im tiefen Baß des Gehämmers der Glockenschläge, welche die lautlose Musik der Nacht in Stücke schlagen. Gerade einen Steinwurf weit von dem dunklen kleinen Viertel, wo die roten Laternen brennen. Dort findet man in der Abendkühle die gewundenen, von Leben summenden Gäßchen, die Frauen im Badeanzug oder Hemd, die Zigarette im Mund, auf den Türschwellen kauern und den

Vorbeigehenden zurufen. Bei Einbruch der Nacht scheinen die Häuser immer näher zusammenzurücken, und von allen Gäßchen, die in die Schlucht münden, ergießt sich eine Menge neugieriger und ausgehungerter Männer, welche die engen Straßen füllen, herumwirbeln, aufs Geratewohl hierhin und dorthin vorstoßen, wie geschwänztes Sperma auf der Suche nach dem Ei, und schließlich von den offenen Mäulern der Bordelle verschluckt werden.

Wenn man sich heute in dem Pissoir neben dem Palast befindet, ahnt man kaum dieses andere Leben. Der Palast erhebt sich plötzlich, kalt wie ein Grabdenkmal, vor einem trostlosen, weiten Platz. Gegenüber steht ein lächerliches Gebäude, das sich Musikakademie nennt. Da stehen sie sich beide gegenüber, getrennt durch einen leeren Platz. Verschwunden die Päpste, verschwunden die Musik. Verschwunden die Farbe und die Sprache einer ruhmreichen Zeit. Wenn nicht das kleine Viertel hinter der Akademie wäre, wer könnte sich vorstellen, wie einst das Leben hinter den Mauern des Palastes war? Zur Zeit, wo dieses Grabmal lebendig war, gab es, glaube ich, keine Trennung zwischen dem Palast und den gewundenen Gäßchen. Ich glaube, daß die kleinen, schmutzigen Häuser mit den Ziegeldächern sich bis vor die Tore des

Palastes erstreckten. Ich glaube, daß ein Papst, wenn er aus seinem prächtigen Bienenkorb in die glitzernde Sonne trat, sofort mitten in dem ihn umgebenden Leben stand und an ihm teilnahm. Einige Spuren dieses Lebens bewahren die Fresken noch: ein Leben unter freiem Himmel. Jagd und Fischfang, Reiherbeizen, Hunde, Frauen und blitzende Fische. Ein großzügiges, katholisches Leben mit intensivem Blau und leuchtendem Grün, ein Leben der Sünde, der Gnade und der Buße, ein Leben voll knalligem Gelb und goldenem Braun, von weinbefleckten Kleidern und lachsfarbigen Flüssen. In jener wunderbaren Zelle in einer Ecke des Palastes, von wo man die unvergeßlichen Dächer von Avignon und die zertrümmerte Rhônebrücke erblickt, in jener Zelle, in der die Päpste ihre Bullen verfaßt haben sollen, sind die Fresken noch so frisch, so natürlich, noch so sprühend von Leben, daß selbst das Grab, das der Palast heute ist, lebendiger erscheint als die Welt draußen. Man kann sich sehr gut einen großen Vater der Kirche vorstellen, wie er da an seinem Schreibtisch sitzt, eine päpstliche Bulle vor sich und eine mächtige Kanne Wein zur Seite. Man kann sich auch das dralle Mädchen vorstellen, das ihm auf den Knien sitzt, während unten in der riesigen Küche ganze Tiere am Spieß gebraten werden, und daß die niedrigeren Würdenträger der Kirche, die sicher das Tranchiermesser gut zu handhaben wußten, hinter dem festen Schutz der riesigen Mauern nach Herzenslust tranken und schmausten. Keine Schismen, keine Haarspaltereien, keine Schizophrenie. Wenn Epidemien ausbrachen, so wüteten sie in Hütten und Schlössern, in den prächtigen Wohnungen der Päpste und in den armseligen Behausungen der Bauern. Wenn sich der Geist Gottes auf Avignon niedersenkte, so machte er vor der gegenüberliegenden Musikakademie nicht halt, er durchdrang die Wände und das Fleisch, die höchsten Rangstufen der Kirche und des Staates. Er blühte ebenso mächtig in dem Viertel der roten Laternen wie oben auf dem Palastberg. Der Papst konnte nicht seine Röcke hochheben und unangetastet entkommen. Innerhalb und außerhalb der Mauern war es ein und dasselbe Leben: Glaube, Hurerei und Blutvergießen. Primäre Farben. Primäre Leidenschaften. Die Fresken erzählen die Geschichte. Wie sie jeden Tag lebten – und so ein ganzer Tag hat eine lauterere Stimme als die Bücher. Was die Päpste in den Bart murmelten, ist eines – was sie an ihre Wände malen ließen, ein anderes. Die Worte sind tot.

Der Engel ist mein Wasserzeichen

Ich schreibe diese Seiten, um über die Entstehung eines Meisterwerkes zu berichten. Das Meisterwerk hängt vor mir an der Wand. Es ist mittlerweile trocken geworden. Ich lege dies alles nieder, um den Entstehungsprozeß genau festzuhalten, weil ich wahrscheinlich nie mehr ein ähnliches Werk zustande bringen werde.

Wir müssen ein wenig zurückgehen... Zwei Tage ringe ich nun schon mit irgend etwas. Sollte ich den Zustand mit einem Wort beschreiben, so würde ich sagen, mir war zumute wie einer Patrone, die eine Ladehemmung hat. Dies ist fast eine tödlich genaue Beschreibung, denn als ich heute morgen aus einem Traum aufwachte, war das einzige Bild, das in meiner Erinnerung hängenblieb, mein großer, wie ein alter Hut zusammengeknüllter Reisekoffer.

Am ersten Tag läßt sich der Kampf nicht genau beschreiben. Er ist jedoch stark genug, um einen zu lähmen. Ich setze den Hut auf und gehe zur Renoir-Ausstellung, und von Renoir gehe ich zum Louvre und vom Louvre gehe ich zur Rue de Rivoli – in jene Gegend, wo sie nicht mehr der Rue de Rivoli ähnelt. Dort sitze ich drei Stunden lang bei einem Glas Bier und starre auf die Ungeheuer, die an mir vorüberziehen.

Am nächsten Morgen stehe ich mit der Überzeugung auf, daß ich etwas tun werde. In mir ist diese feine, leichte Spannung vorhanden, die ein gutes Vorzeichen ist. Mein Notizbuch liegt neben mir. Ich nehme es zur Hand und sehe die Seiten geistesabwesend durch. Ich fange wieder von vorn an, diesmal mit größerer Aufmerksamkeit. Die Zeilen haben einen schwer zugänglichen, verborgenen Sinn. Ein einziger Satz enthält oft den Kampf eines ganzen Jahres. Einige Zeilen kann ich selbst nicht mehr entziffern – meine Biographen werden sich schon damit abplagen. Ich bin noch immer von dem Gedanken besessen, daß ich heute etwas schreiben werde. Ich blättere nur die Seiten schnell durch, um in Stimmung zu kommen. So denke ich mir das wenigstens. Aber wie ich diese Notizen so schnell und oberflächlich durchgehe, passiert mir etwas Verhängnisvolles. Das Verhängnis besteht darin, daß ich auf Tante Amalie gestoßen bin. Aus dieser Spalte meiner Erinnerung quillt nun auf einmal in einem mächtigen Guß mein ganzes Leben heraus, wie ein Geysir, der gerade die Erdrinde durchbrochen hat. Ich gehe mit Tante Amalie nach Hause, plötzlich kommt mir zum

Bewußtsein, daß sie wahnsinnig ist. Sie sagt, ich solle ihr den Mond herunterholen. «Da oben!» schreit sie. *«Da oben!»*

Es ist etwa zehn Uhr morgens, als diese Zeile mich anschreit. Von diesem Augenblick an – bis heute morgen um vier – bin ich in der Gewalt unsichtbarer Mächte. Ich schiebe die Schreibmaschine weg und beginne aufzuzeichnen, was mir diktiert wird. Seite um Seite kritzle ich hin, und bei jedem Einfall werde ich daran erinnert, wo ich den Zusammenhang in meinen anderen Papieren zu finden habe. Alle Mappen, in denen ich meine Manuskripte geordnet habe, liegen geleert auf dem Boden. Ich selbst liege auf dem Boden und mache mit einem Bleistift fieberhaft Anmerkungen zu meinen Arbeiten. Es hört nicht auf, es dauert an. Ich juble, aber zugleich bin ich bedrückt. Wenn das in diesem Tempo weitergeht, bekomme ich einen Blutsturz.

Um drei Uhr beschließe ich, den Gehorsam zu verweigern. Ich will ausgehen und etwas essen. Vielleicht wird es eine Zeitlang aufhören und nach dem Essen wieder weitergehen. Ich steige auf mein Fahrrad, um den Blutandrang im Kopf loszuwerden. Ich nehme absichtlich kein Notizbuch mit. Wenn das Diktieren wieder beginnt, *tant pis*. Ich bin zum Essen fort!

Um drei Uhr kann man nur mehr einen kalten

Imbiß bekommen. Ich bestelle kalten Hühnerbraten mit Mayonnaise. Es kostet ein wenig mehr, als ich gewöhnlich ausgebe, aber darum bestelle ich's gerade. Nach einem kurzen Hin und Her verlange ich einen schweren Burgunder anstatt des üblichen *Vin ordinaire*. Ich hoffe, daß mich das auf andere Gedanken bringen wird. Der Wein sollte mich ein bißchen schläfrig machen.

Ich bin bei der zweiten Flasche, und das Tischtuch ist mit Notizen bedeckt. Mein Kopf ist außerordentlich leicht. Ich bestelle Käse, Weintrauben und Gebäck. Erstaunlich, was für einen Appetit ich entwickle! Aber merkwürdig, dies scheint alles nicht in *meinen* Magen zu gehen. Ein anderer scheint dies alles für mich zu essen. Aber *ich* muß schließlich dafür zahlen! Daran ist nichts zu ändern. Ich zahle und steige wieder auf mein Fahrrad. Halte bei einem Café, um eine Tasse schwarzen Kaffee zu trinken. Es gelingt mir nicht, beide Füße auf festen Boden zu bringen. Jemand diktiert mir unaufhörlich ohne Rücksicht auf meine Gesundheit.

Den ganzen Tag geht es auf diese Weise weiter. Längst habe ich die Waffen gestreckt. Gut, sage ich zu mir selbst. Her mit den Ideen! *Princesse, à vos ordres*. Ich schufte wie ein Sklave, gerade als wäre das mein höchster Wunsch.

Nach dem Abendessen bin ich gänzlich erledigt. Noch immer überfluten mich die Ideen, aber ich bin so erschöpft, daß ich mich auf den Rücken lege und sie mit mir tun lasse, was sie wollen. Es ist wie eine elektrische Massage. Schließlich bin ich schwach genug, um mir ein Buch herlangen zu können und auszuruhen. Es ist ein Band einer alten Zeitschrift. Beim Lesen werde ich Frieden finden. Zu meinem Erstaunen öffnet sich der Band bei einer Seite, auf der die Worte stehen: «Goethe und sein Dämon». Wieder habe ich den Bleistift in der Hand, der Rand der Seite ist mit Anmerkungen bedeckt. Es ist Mitternacht. Ich bin in heiterster Stimmung. Das Diktat ist beendet. Endlich wieder ein freier Mann! Ich bin so verdammt glücklich, daß ich mich frage, ob ich mir nicht ein bißchen Bewegung machen soll, bevor ich mich zum Schreiben hinsetze. Das Fahrrad steht im Zimmer. Es ist schmutzig. Das Fahrrad meine ich. Ich nehme einen Lumpen und beginne es zu putzen. Ich reinige jede Speiche, öle sie gründlich ein, poliere das Schutzblech. Das Rad ist geschniegelt und gebügelt. Ich werde durch den Bois de Boulogne fahren...

Als ich mir die Hände wasche, verspüre ich plötzlich einen nagenden Schmerz im Magen. Ich habe Hunger, weiter ist's nichts. Nun, da jetzt das Diktat zu Ende ist, kann ich tun, was mir beliebt. Ich korke eine Flasche auf, schneide mir ein großes Stück Brot ab, beiße in eine Wurst. Die Wurst schmeckt stark nach Knoblauch. Fein. Im Bois de Boulogne fällt das nicht weiter auf, wenn man nach Knoblauch riecht. Noch ein bißchen Wein. Noch einen Knust Brot. Diesmal esse ich wirklich selbst, darüber gibt's keinen Zweifel. Die anderen Mahlzeiten waren reine Verschwendung. Der Wein und der Knoblauch mischen sich und geben ein feines Gerüchlein. Ich rülpse ein bißchen.

Einen Augenblick lang setze ich mich hin, um eine Zigarette zu rauchen. An meinem Ellbogen liegt eine Broschüre, etwa drei Zoll im Quadrat. Sie hat den Titel: *Kunst und Irrsinn.* Mit dem Ausfahren ist es nichts mehr. Es ist auch zu spät, um zu schreiben. Ich spüre plötzlich, daß ich eigentlich das Verlangen hätte, ein Bild zu malen. In den Jahren 1927 oder 1928 war ich auf dem besten Wege, ein Maler zu werden. Dann und wann, wenn ich gerade den Rappel kriege, aquarelliere ich ein wenig. Das kommt so zustande: man fühlt sich wie ein Aquarell, und man macht eines. Im Irrenhaus malen sie ihre Narrenköpfe ab. Sie malen die Stühle, die Wände, die Tische und Betten, eine erstaunliche Produktivität. Wenn wir unsere Hemdärmel aufkrempelten und uns so an die Arbeit machten, wie diese Geisteskranken arbeiten, was könnten wir da in unserer Lebenszeit fertigbringen!

Die Illustration hier vor mir, die ein Insasse des Irrenhauses von Charenton gemacht hat, ist eigentlich sehr gut gelungen. Ein Knabe und ein Mädchen knien nahe beisammen und halten ein großes Schloß in den Händen. Anstatt mit Penis und Vagina hat der Künstler sie mit Schlüsseln versehen, sehr großen Schlüsseln, die sich wechselseitig durchdringen. Auch in dem Schloß steckt ein großer Schlüssel. Sie sehen glücklich und ein wenig geistesabwesend aus ... Auf Seite 85 ist eine Landschaft. Sie sieht genau aus wie ein Bild von Hilaire Hiler. Sie ist sogar besser als ein Hiler. Das einzig eigentümliche Merkmal daran ist, daß im Vordergrund drei winzige mißgestaltete Menschen stehen. Sie sind nicht einmal stark entstellt – sie schauen nur aus, als wären sie für ihre Beine zu schwer. Aber die übrigen Teile des Bildes sind so gut, daß man in der Tat sehr empfindlich sein müßte, wenn man sich hierdurch stören ließe. Ist übrigens die Welt so vollkommen, daß es nicht irgendwo drei Menschen gäbe, die für ihre Beine zu schwer sind? Es scheint mir, daß die Irren ein Recht auf ihre Sehweise haben, genau wie wir. – Ich bin sehr begierig anzufangen. Trotzdem fehlt mir jetzt eine

Idee. Das Diktat hat aufgehört. Ich hätte fast Lust, eine dieser Illustrationen zu kopieren. Aber dann schäme ich mich doch ein bißchen vor mir selbst – die Arbeit eines Irren zu kopieren ist das schlimmste Plagiat, das man begehen kann.

Also, laßt uns beginnen. Das ist die Hauptsache. Beginnen wir mit einem Pferd! Dunkel schweben mir die etruskischen Pferde vor, die ich im Louvre sah. (Zu beachten: In allen großen Epochen der Kunst stand das Pferd dem Menschen sehr nahe!) Ich beginne zu zeichnen. Ich fange natürlich mit dem leichtesten Teil des Tieres an – dem Hinterteil des Pferdes. Eine kleine Öffnung für den Schweif, der später hineingesteckt werden kann. Kaum habe ich mit dem Rumpf begonnen, als ich auf einmal bemerke, daß er zu länglich geraten ist. Achtung, du zeichnest ein Pferd – keine Leberwurst! Ich weiß nicht recht, aber es kommt mir so vor, daß einige der ionischen Pferde, die ich auf den schwarzen Vasen sah, längliche Rümpfe hatten, und die Beine begannen im Körper, angedeutet durch eine feine, punktierte Linie, die man beachten oder nicht beachten konnte, je nach dem anatomischen Instinkt, den man hat. Aus diesem Grunde entschließe ich mich für ein ionisches Pferd. Aber jetzt erheben sich neue

Schwierigkeiten. Es handelt sich um die Beine. Die Form eines Pferdebeines macht einem Kopfzerbrechen, wenn man sich nur auf sein Gedächtnis stützen kann. Ich kann mich nur an den Teil erinnern, der sich von den Fesseln nach unten erstreckt, das heißt an den Huf. Von dem Huf an die fleischigen Teile zu gehen ist eine höchst delikate Aufgabe, und ebenso die Beine natürlich an den Körper anzusetzen, nicht so, als wären sie angeleimt. Mein Pferd hat bereits fünf Beine. Es ist daher ganz leicht, eines von diesen in einen Phallus erectus zu verwandeln. Gesagt, getan. Und nun steht es da wie eine Terrakottafigur aus dem sechsten vorchristlichen Jahrhundert. Der Schwanz fehlt noch, aber ich habe eine Öffnung gerade über dem After gelassen. Den Schwanz kann man jederzeit einsetzen. Die Hauptsache ist, dem Pferd Bewegung zu geben, es zu einem stolz einherschreitenden Roß zu machen. Deshalb krümme ich die Vorderbeine aufwärts. Nun ist ein Teil von ihm in Bewegung, aber der übrige Körper steht stocksteif da. Mit einem entsprechenden Schwanz könnte ich es gut in ein tadelloses Känguruh verwandeln.

Während ich an den Beinen herumexperimentierte, ist der Bauch aus der Form geraten. Ich drücke ihn, so gut wie ich kann, wieder zurecht, bis er aussieht wie eine Hängematte. So mag er vorläufig bleiben. Wenn ich mit der ganzen Arbeit fertig bin und er nicht aussieht wie ein Pferdebauch, kann ich ihn immer noch in eine Hängematte verwandeln. (Habe ich nicht auf einer der Vasen gesehen, daß Menschen in einem Pferdebauch schliefen?)

Niemand, der nicht den Schädel eines Pferdes genau studiert hat, kann sich vorstellen, wie schwer er zu zeichnen ist. Es muß ein Kopf und kein Futterbeutel werden. Die Augen müssen so eingesetzt werden, daß das Pferd nicht zu lachen scheint. Man muß achtgeben, daß der Ausdruck pferdeartig bleibt und nicht menschlich wird. Aber nun bin ich, wie ich offen gestehe, an einem Punkt angelangt, wo mir die Großzügigkeit meiner Arbeit auf die Nerven geht. Ich habe Lust, alles auszuradieren und von neuem zu beginnen. Aber ich verabscheue den Radiergummi. Ich würde lieber das Pferd in einen Dynamo oder in ein Klavier verwandeln, als meine Arbeit vollständig auszuradieren.

Ich schließe die Augen und versuche, ganz ruhig mit meinem geistigen Auge ein Pferd zu sehen. Ich fasse mit den Händen über die Mähne, die Schultern und die Flanken. Es scheint mir, ich kann genau nachfühlen, wie es einem Pferd zumute ist, besonders bei diesem eigentümlichen Schauern des Felles, das es zeigt, wenn es von einer Fliege belästigt wird. Ich glaube, auch das warme Gefühl der durcheinanderlaufenden Adern zu spüren. (In Chula Vista pflegte ich, bevor ich auf die Felder ging, die Esel zu striegeln. Und gleich denke ich, wenn ich nur einen Esel aus ihm machen könnte, das wäre doch was!)

So fange ich wieder von vorn an – diesmal mit der Mähne. Nun ist die Mähne eines Pferdes gänzlich verschieden von einem Schweineschwanz oder den Zöpfen einer Wassernixe. Chirico gibt seinen Pferden wundervolle Mähnen, auch Valentine Prax. Eine Mähne ist etwas Besonderes, das kann ich euch versichern – irgendein Haargewoge genügt da nicht. Sie muß den Ozean in sich haben und etwas von den alten Göttern ahnen lassen. Der Stoff, der Haare, Zähne und Fingernägel bildet, macht noch lange keine Pferdemähne. Die ist, wie gesagt, etwas Besonderes... Wenn ich jedoch in eine Schwierigkeit solcher Art gerate, so weiß ich, daß ich mich später herauswinden kann, wenn es an der Zeit ist, mit dem Pinsel zu arbeiten. Das Zeichnen ist nur Ausflucht, eine Flucht vor der Farbe. Farbe ist die Toccata, Zeichnen gehört zum Reich der Ideen. (Michelangelo hatte recht, wenn er Leonardo verachtete. Gibt es etwas Grausigeres, etwas, das mehr von der

Blässe der Idee angekränkelt ist, als das *Abendmahl*? Gibt es etwas Gezierteres als die *Mona Lisa*?)

Ich meine, etwas Farbe wird Leben in die Mähne bringen. Der Bauch ist noch immer nicht ganz in Ordnung, wie ich sehe. Werde ihn schon noch zurechtbringen. Wo er konvex ist, mache ich ihn konkav und umgekehrt. Und plötzlich setzt sich mein Pferd in Galopp, seine Nüstern schnauben Feuer. Aber mit zwei Augen sieht es noch immer ein bißchen dümmlich aus, ein bißchen zu menschlich... Radieren wir also ein Auge weg. Schön. Jetzt wird es allmählich immer pferdeartiger. Es sieht jetzt auch ziemlich schlau und verschmitzt drein – wie Charley Chase vom Film... Um es ja innerhalb des Rahmens der Art zu halten, der es angehört, komme ich endlich zu dem Entschluß, ihm Streifen zu geben. Der Gedanke dabei ist, daß ich es, wenn es das Spielerische, das es an sich hat, nicht verliert, in ein Zebra verwandeln kann. Darum bringe ich die Streifen an. Aber zum Teufel noch mal, jetzt scheint es auf einmal aus Pappe zu sein. Die Streifen haben es flach gemacht, es sieht aus, als wäre es auf das Papier geleimt. Nun, wenn ich meine Augen wieder schließe, sollte ich mich eigentlich an das Pferd auf dem Plakat von Cinzano erinnern können – es hat auch Streifen, und zwar sehr schöne. Vielleicht sollte ich ausgehen, einen Aperitif trinken und mir ein Cinzano-Plakat ansehen. Für einen Aperitif ist es ein bißchen spät. Vielleicht mache ich doch ein kleines Plagiat. Wenn ein Irrer einen Mann auf einem Fahrrad zeichnen kann, so kann er auch ein Pferd zeichnen. Äußerst bemerkenswert – ich finde Götter und Göttinnen, Teufel, Fledermäuse, Nähmaschinen, Blumentöpfe, Schlösser und Schlüssel, Epileptiker, Särge, Skelette, aber – ist es zu glauben? – kein einziges Pferd. Wenn der Irre, der diese Broschüre zusammengestellt hat, eine wirklich tiefe Beobachtung hätte machen wollen, so hätte er etwas über diese sonderbare Auslassung sagen müssen. Das Fehlen des Pferdes weist darauf hin, daß es im tiefsten Grunde überhaupt an etwas fehlt. Menschliche Kunst geht mit dem Pferd Hand in Hand. Die Bemerkung, daß die Symbolisten und die Imagisten etwas *détraqués* sind oder waren, genügt nicht. Bei einer Studie über Geisteserkrankungen wollen wir wissen, was aus dem Pferd geworden ist.

Ich schlage noch einmal die Landschaft auf Seite 85 auf. Eine ausgezeichnete Komposition trotz der geometrischen Steifheit. (Die Irren haben eine schreckliche Leidenschaft für Logik und Ordnung, wie die Franzosen.) Jetzt habe ich eine Vorlage, nach der ich mich richten kann: Berge, Brücken, Terrassen, Bäume... Einer der großen Vorzüge der Kunst der Irren besteht darin, daß eine Brücke immer eine Brücke ist und ein Haus ein Haus. Die drei kleinen Menschen, die im Vordergrund auf ihren Stöcken balancieren, sind für die Komposition nicht unbedingt notwendig, besonders, da ich bereits das ionische Pferd habe, das beträchtlichen Raum einnimmt. Ich suche nach einer passenden Staffage für das Pferd, und diese Landschaft hat mit den Zinnen ihrer Mauerbrüstungen, mit ihren zuckerhutartig steilen Böschungen und den Häusern, die so viele Fenster haben, als hätten die Bewohner tödliche Angst vor dem Ersticken, etwas Tiefernstes, ja etwas Arglistiges an sich. Sie erinnern an die Anfänge der Landschaftsmalerei – und doch liegt sie gänzlich außerhalb aller bestimmten Perioden. Ganz grob ausgedrückt möchte ich sagen, daß sie in einer Zone zwischen Giotto und Santos Dumont liegt – mit einer ganz schwachen Andeutung der zukünftigen, nicht mehr mechanisierten Straße. Mit diesem Muster vor Augen bekomme ich neuen Mut. *Allons-y!*

Direkt unter dem Arschloch des Pferdes, wo die Kruppe beginnt und endet und wo Salvador Dalí höchstwahrscheinlich einen Louis-quinze-

Stuhl oder eine Uhrfeder hinsetzen würde, beginne ich mit freien und leichten Strichen einen melonenförmigen Strohhut zu zeichnen. Unter den Hut setze ich ein Gesicht – ich zeichne sorglos drauflos, weil meine Ideen groß und umfassend sind. Ich lasse meine Hand fallen, wohin sie will, folge einfach den Einflüsterungen der sich meinem Stift entschwindenden Linie. Auf diese Weise nehme ich auch den riesigen Phallus erectus her, der vorher ein fünftes Bein war, und biege ihn zu einem menschlichen Arm zurecht – so! Nun habe ich einen Mann mit einem großen Strohhut, der das Pferd am Steiß kitzelt. Schön! Schön und schick! Sollte es ein wenig grotesk erscheinen, nicht ganz zu dem pseudomittelalterlichen Charakter der ursprünglichen Komposition stimmen, so kann ich es immer dem ablenkenden Einfluß des Verrückten zuschreiben, der mich inspirierte. (Hier steigt zum erstenmal der Verdacht in mir auf, daß ich nicht ganz selbst und selbständig am Werke bin. Aber auf Seite 366 heißt es: «*Enfin pour Matisse, le sentiment de l'objet peut s'exprimer avec toute licence, sans direction intellectuelle ou exactitude visuelle: c'est l'origine de l'expression.*») Aber ich will fortfahren... Nach einer kleinen Schwierigkeit mit den Füßen des Mannes löse ich das Problem, indem ich die untere Hälfte seines Körpers hinter der Mauerbrüstung verberge. Er lehnt sich über die Brüstung, träumt wahrscheinlich, kitzelt aber gleichzeitig dem Pferd die Flanken. (An Frankreichs Flüssen stößt man oft auf Männer, die sich über die Mauerbrüstung lehnen und träumen – besonders, wenn sie gerade einen Eimer voll Urin entleert haben.)

Um meine Arbeit abzukürzen und auch um zu sehen, wieviel Platz mir bleibt, bringe ich eine Menge diagonaler Streifen oder Planken für den Boden der Brücke an. Das macht zum mindesten ein Drittel des Bildes tot, soweit die Komposition in Betracht kommt. Jetzt kommen die Terrassen, die Böschungen, die drei Bäume, die Berge mit den schneebedeckten Gipfeln, die Häuser mit all den vielen Fenstern darin. Es sieht aus wie ein Zusammensetzspiel. Wo immer eine Klippe nicht richtig abfallen will, mache ich sie zur Seite eines Hauses oder zum Dach eines anderen Hauses, das man nicht sieht. Langsam arbeite ich mich zum oberen Teil des Bildes durch, wo der Rahmen glücklicherweise alles abschneidet. Jetzt muß ich noch die Bäume einsetzen – und die Berge.

Nun sind aber auch Bäume sehr kitzlige Dinge. Es ist ein Baum zu machen, wohlgemerkt, und kein Blumenstrauß! Obgleich ich im Laub gegabelte Blitze anbringe, um die Struktur anzudeuten, will die Sache doch nicht gelingen. Ein paar luftige Wolken also, damit man nicht so viel überflüssiges Laub braucht (immer ein guter Ausweg, ein Problem dadurch zu vereinfachen, indem man es beseitigt). Aber die Wolken sehen aus wie Stücke Seidenpapier, die von Hochzeitssträußen weggeweht sind. Alles, was Form hat, hat eine unsichtbare Substanz. Michelangelo suchte sie sein ganzes Leben hindurch – in Marmor, in Versen, in der Liebe, in der Architektur, im Verbrechen, in Gott... (Auf Seite 390 steht: *«Si l'artiste poursuit la création authentique, son souci est ailleurs que sur l'objet qui peut être sacrifié et soumis aux nécessités de l'invention.»*)

Ich komme zu dem Berg – wie Mohammed. Jetzt begreife ich allmählich, was die Befreiung von den Dingen bedeutet. Ein Berg! Was für ein Berg? Ein Haufen Dreck, der niemals verschwindet, wenigstens nicht in historischer Zeit. Ein Berg ist zu leicht. Ich will einen Vulkan haben. Ich will einen Grund dafür haben, daß mein Pferd so schnaubt und sich hochbäumt. Logik! Logik! *«Le fou montre un souci constant de logique!» Les Français aussi.* Nun, ich bin kein Irrer, besonders kein französischer Irrer, ich kann mir daher ruhig ein paar Freiheiten erlauben, besonders mit dem Werk eines Schwachsinnigen. So zeichne ich den Krater zuerst und arbeite dann zum Fuß des Berges hinunter, bis er die Brücke und die Dächer der unten liegenden Häuser erreicht. Die Lücken und mißlungenen Stellen werden Spalten im Berg, welche die vom Vulkan angerichteten Verheerungen darstellen sollen. Es ist ein aktiver Vulkan, und seine Abhänge bersten.

Als ich alles durchgearbeitet habe, halte ich ein Hemd in Händen. Tatsächlich ein Hemd. Ich kann den Kragen und die Ärmel deutlich erkennen. Es fehlt nur noch der Preiszettel und Größe 16 oder welche Größe Sie haben... Eines jedoch steht unmißverständlich klar und rein da, und das ist die Brücke. Es ist sonderbar, aber wenn man einen Bogen zeichnen kann, folgt der Rest der Brücke ganz natürlich. Nur ein Ingenieur kann eine Brücke ruinieren.

Das Bild ist beinahe fertig, wenigstens was die Zeichnung anbelangt. Die losen Enden unten fasse ich alle zusammen, indem ich aus ihnen Friedhofstore mache. Und in der oberen linken Ecke, die der Vulkan nicht ganz ausfüllt, zeichne ich einen Engel. Ein Engel ist ein Gegenstand ursprünglicher Natur, eine rein willkürliche Erfindung und in hohem Grade symbolisch. Es ist ein traurig aussehender, ziemlich heruntergekommener Engel, die Flügel werden durch Regenschirmstangen gestützt, damit sie nicht zusammenklappen. Er scheint aus einem über meinen Ideenkreis hinausliegenden Bereich zu stammen und mystisch über dem wilden ionischen Pferd zu schweben, das nunmehr für den Menschen verloren ist.

Haben Sie jemals auf einem Bahnhof gesessen und die Leute beobachtet, wie sie sich bemühen, die Zeit herumzubringen? Schauen sie nicht ein wenig wie niedergeschlagene Engel aus, wie sie so krumm mit hohlem Bauch dasitzen? Diese ewig währenden, wenigen Minuten, in denen sie verdammt sind, mit sich allein zu sein – haben sie nicht Schirmstangen in ihren Flügeln?

Alle Engel in der religiösen Kunst sind falsch. Wenn man Engel sehen will, muß man ins Grand Central Depot oder auf den Bahnhof St. Lazare gehen – in die Salle des Pas Perdus.

Meine Maltheorie ist, mit dem Zeichnen so schnell wie möglich fertig zu werden und mich dann gleich in die Farbe zu stürzen. Schließlich bin ich ja Kolorist und kein elender Zeichner. *Alors*, her mit den Tuben!

Ich beginne damit, die Seite eines Hauses in dunkler Umbra anzustreichen. Nicht sehr wirksam. Auf die Wand daneben bringe ich eine reichliche Dosis Krapprot. Ein bißchen zu hübsch, zu italienisch. Alles in allem, mit meinen

Farben mache ich keinen guten Anfang. Das Ganze hat die Atmosphäre eines Regentages, die etwas an Utrillo erinnert. Ich mag Utrillos schwachsinnige Ruhe nicht, seine Regentage und seine Vorstadtstraßen. Ich mag auch nicht die Art, wie seine Frauen einem ihr Hinterteil hinhalten... Ich hole das Brotmesser heraus. Ich werde einmal versuchen, einen dicken Farbenauftrag zu machen. Als ich dabei bin, eine ganze Anzahl Tuben reichlich auszudrücken, ergreift mich die Lust, der Komposition eine Gondel hinzuzufügen. Ich bringe sie direkt unter der Brücke an, wo sie ja auch natürlicherweise hingehört.

Und nun weiß ich auch plötzlich, warum mir die Gondel eingefallen ist. Unter den Renoirs, die ich gesehen habe, befand sich eine venezianische Szene und die unvermeidliche Gondel. Was mir nun, wenn auch nicht sehr stark, auffiel, war die Tatsache, daß der in der Gondel sitzende Mann so deutlich als Mann zu erkennen war, obgleich er nur ein Fleckchen Schwarz war, kaum zu unterscheiden von den anderen Fleckchen, aus denen sich das Sonnenlicht, das wellige Meer, die verfallenen Paläste, die Segelboote und andere Dinge zusammensetzten. Er war nur ein Fleck in diesem feurigen Farbenmeer – und doch war er ganz deutlich ein Mann. Man konnte sogar sagen, daß er ein Franzose so aus der Zeit der siebziger Jahre des vorigen Jahrhunderts war. Damit ist die Geschichte von der Gondel noch nicht zu Ende. Zwei Tage vor meiner Abreise nach Amerika – 1927 oder 1928 – hielten wir eine große Sitzung zu Hause ab. Ich befand mich damals auf dem Höhepunkt meiner Aquarellzeit.

Diese Sucht, Aquarelle zu malen, begann auf sonderbare Weise, ich möchte sagen, durch Hunger. Durch Hunger und durch furchtbare Kälte. Wochenlang schon hatten mein Freund Joe und ich uns in Spielräumen und unterirdischen Bedürfnisanstalten aufgehalten, wo es tierische Wärme gab und wo man kein Geld auszugeben brauchte. Als wir eines Abends auf dem Heimweg waren, sahen wir in der Nähe der Morgue in dem Schaufenster eines Warenhauses die Reproduktion eines Bildes von Turner. Genau auf diese Weise begann es. Eine der tätigsten, eine der erfreulichsten Perioden meines unfruchtbaren Lebens. Wenn ich sage, daß wir den Fußboden mit Bildern bestreuten, übertreibe ich nicht. Sobald sie trocken waren, hängten wir sie auf, und am nächsten Tag nahmen wir sie herunter und hängten eine neue Sammlung auf. Wir malten auf der Rückseite alter Bilder, wir wuschen bemalte Leinwand ab, wir kratzten die

Farben mit dem Spatel herunter, und im Laufe dieser Experimente entdeckten wir zufällig einige erstaunliche Dinge. Wir entdeckten, wie man interessante Ergebnisse mit Kaffeesatz und Brotkrumen, mit Steinkohle und Arnika erreicht. Wir legten die Bilder in die Badewanne und ließen sie stundenlang einweichen, dann gingen wir mit vollem Pinsel an diese tröpfelnde Omelette heran und beklatschten sie nach Herzenslust mit Farbe. Turner und der strenge Winter von 1927 auf 1928 sind an alldem schuld.

Zwei Tage vor meiner Abreise kamen, wie schon gesagt, eine Anzahl Maler zu mir, um unsere Arbeit in Augenschein zu nehmen. Sie hatten alle etwas los, waren aber nicht so erhaben, daß sie sich nicht für die Arbeit von Amateuren interessiert hätten. Die Aquarelle lagen wie gewöhnlich auf dem Boden zum Trocknen. Als letztes Experiment traten wir auf sie. Wenn die Gläser in unserer Hand schwankten, wurde Wein auf sie verschüttet. Erstaunlich, was für Wirkungen ein schmutziger Absatz hervorbringt oder ein Tropfen Wein, der aus einer Höhe von einem Meter in der besten Absicht auf sie fällt. Die Begeisterung wächst. Zwei meiner Freunde arbeiten mit Steinkohlen an den Wänden. Ein anderer kocht Kaffee, um eine gute Grundierung zu erhalten. Die anderen trinken.

Mitten in diese Festlichkeit platzt auf einmal, so gegen drei Uhr morgens, meine Frau herein. Sie scheint ein bißchen niedergeschlagen. Sie nimmt mich beiseite und zeigt mir eine Schiffskarte. Ich sehe mir diese an. «Was soll ich damit?» frage ich. «Du mußt fortfahren», antwortet sie. «Aber ich will nicht fortfahren, ich fühle mich ganz glücklich hier.» – «Das sehe ich», sagt sie mit bitterem Lachen.

Aber schließlich fahre ich doch fort. Als wir die Themse hinauffahren, ist mein einziger Gedanke, die Turner-Sammlung in der Tate-Galerie zu besichtigen. Ich komme auch dorthin und sehe mir die berühmten Turners an. Und wie es das Glück haben will, frißt einer der dort kopierenden Halbidioten einen Narren an mir. Ich entdecke, daß er ein fabelhafter Aquarellist ist. Arbeitet ausschließlich bei Lampenlicht. Es war mir wirklich zuwider, London verlassen zu müssen, er machte mir den Aufenthalt dort so angenehm. Als wir in Southampton die Anker lichteten, dachte ich bei mir: «Nun ist der Kreis geschlossen: vom Schaufenster des Warenhauses bis hierher.»

Ich will jedoch weitererzählen... Diese Gondel wird die *pièce de résistance* werden. Aber zuerst muß ich die Wände in Ordnung bringen. Ich nehme das Brotmesser, tauche es in den Karminlack und trage eine reichliche Dosis auf die Fenster auf. Heiliger Bimbam! Sofort stehen die Häuser in Flammen. Wenn ich wirklich verrückt wäre und nicht einen Irren simulierte, würde ich jetzt Feuerwehrleute in das Bild hineinstellen und aus den kühnen, diagonalen Planken des Brückenbogens Leitern machen. Aber mein Irrtum nimmt die Form einer Brandstiftungsmanie an. Ich setze alle Häuser in Brand, zuerst mit Karmin und dann mit Zinnober. Und schließlich mit einer blutigen Mischung beider. Dieser Teil des Bildes ist klar und entscheidend: es ist ein lodernder Scheiterhaufen.

Der Erfolg dieser Brandstiftung besteht darin, daß ich den Rücken des Pferdes versengt habe. Jetzt ist es weder ein Pferd noch ein Zebra. Es ist ein feuerfressender Drache geworden. Dort, wo der fehlende Schwanz eingesetzt werden sollte, knistert jetzt ein Regen sprühender Schwärmer, und selbst ein ionisches Pferd kann seine Würde nicht bewahren, wenn es einen solchen direkt unter dem Arschloch verspürt. Ich könnte natürlich einen richtigen Drachen daraus machen, aber diese dauernde Umwandlung und Flickerei geht mir allmählich auf die Nerven. Wenn man schon mit einem Pferd anfängt, so sollte man das Ding wenigstens als Pferd erhalten – oder es gänzlich beseitigen. Sobald man einmal mit der anatomischen Struktur eines Tieres zu pfuschen anfängt, kann man die ganze philogenetische Entwicklung vorführen.

Mit dickem, undurchsichtigem Grün und Indigo lösche ich das Pferd aus. In meinem Geist allerdings ist es noch immer da. Die Kunstbeflissenen mögen diesen undurchsichtigen Fleck ins Auge fassen und denken: Wie sonderbar! Wie eigenartig! Aber *ich* weiß, daß dahinter ein Pferd verborgen ist. Hinter allen Dingen ist ein Tier verborgen. Das ist unsere tiefste Besessenheit. Wenn ich menschliche Wesen sich wie lichthungrige Sonnenblumen in die Helligkeit des Daseins winden sehe, denke ich mir: «Windet euch nur und bildet euch alles mögliche ein, aber im Grunde seid ihr Schildkröten oder Meerschweinchen.» Griechenland trieb einen Kult mit Pferden, und wenn man klug genug gewesen wäre, halb Pferd zu bleiben, anstatt Titan zu spielen, wären uns sehr viele mythologische Beschwerden erspart geblieben.

Wenn man Aquarellist aus Instinkt ist, geschieht alles nach Gottes Willen. Wenn man daher die Weisung erhält, die Friedhofstore mit einem klaren Gummigutt anzustreichen, tut man es und murrt nicht darüber. Es macht gar nichts, wenn sie für so düstere Portale zu lebhaft werden. Vielleicht gibt es eine unbekannte

Rechtfertigung dafür. Und in der Tat, wenn ich in diesem hellen, flüssigen Gelb male, das für mich das feinste aller Gelb ist (gelber sogar als die Mündung des Jangtsekiang), strahle ich nur so. Etwas Trübes, Klobiges, Bedrückendes ist für immer weggewaschen worden. Ich wäre gar nicht überrascht, wenn es der Cypress-Hills-Friedhof wäre, an dem ich jahrelang in Ekel und Verdruß vorbeigefahren bin, auf den ich an der Biegung der Hochbahn hinabschaute, auf den ich von der Plattform des Zuges aus spuckte. Oder der St.-Johannes-Friedhof mit seinen verrückten bleiernen Engeln, auf dem ich als Totengräber arbeitete. Oder der Friedhof auf dem Montparnasse, der im Winter aussieht, als wäre er bombardiert worden. Friedhöfe, Friedhöfe... Bei Gott, ich weigere mich, mich auf einem Friedhof begraben zu lassen. Ich will nicht, daß Schwachsinnige mit einem Weihwasserwedel über mir stehen und ein kummervolles Gesicht machen. Nur das nicht!

Während mir diese Gedanken durch den Kopf gehen, habe ich unachtsam die Bäume und Terrassen mit einem trockenen Pinsel bearbeitet. Die Bäume glitzern jetzt wie ein Panzerhemd. Die Bäume sind mit silbernen und türkisfarbenen Knöpfen besteckt. Wenn ich an einer Kreuzigung arbeitete, könnte ich die Leiber der Märtyrer mit juwelenartig funkelnden Pockennarben bedecken. An der Wand vor mir hängt eine Szene in wilder äthiopischer Manier. Der Leib Christi liegt gekreuzigt auf dem Boden, bedeckt mit Pocken. Die blutdürstigen Juden – schwarze äthiopische Juden – bearbeiten ihn mit Eisenstäben. Ihre Gesichter haben einen wütend-fröhlichen Ausdruck. Ich kaufte das Bild wegen der Pockennarben, warum, wußte ich damals nicht. Erst jetzt habe ich den Grund entdeckt. Erst jetzt erinnere ich mich an ein Bild, das über einem Keller an der Bowery hing. Es nannte sich: *Tod den Wanzen.* Ich hatte gerade beruflich bei einem Irren zu tun gehabt, ein Besuch, der nicht ganz unangenehm war. Es war heller Nachmittag, und der schmutzige Schlund der Bowery ist mit Klumpen Schleim verstopft. Kurz hinter dem Cooper Square liegen drei Bummler neben einem Laternenpfahl ausgestreckt, à la Breughel. Ein unheimlicher, unirdischer Gesang steigt von den Straßen auf, ein Sausen, wie es etwa ein Mann mit einem Hackmesser hervorruft, der sich durch ein Delirium tremens kämpft. Und dort über der schrägen Kellertür hängt dieses Bild: *Tod den Wanzen.* Eine nackte Frau mit langem, flächsernem Haar liegt auf einem Bett und kratzt sich. Das Bett schwebt in der Luft, und um das Bett herum tanzt ein Mann mit einer

Desinfektionsspritze. Er hat dasselbe idiotische Aussehen wie diese Juden mit den Eisenstangen. Das Bild ist mit Pockennarben betüpfelt. Sie sollen den kosmopolitischen, blutsaugenden, flügellosen, platten Käfer von rötlichbrauner Farbe und scheußlichem Geruch darstellen, der Häuser und Betten verpestet und den furchtbaren Namen Cimex lectularius führt. Und hier bin ich nun mit einem trockenen Pinsel an der Arbeit und stigmatisiere die drei Bäume. Die Wolken wimmeln von Wanzen, der Vulkan speit Wanzen aus. Die Wanzen krabbeln die steilen Kalkklippen hinunter und ertränken sich im Fluß. Ich bin wie jener junge Einwanderer in einem von einem gewissen Iwanowitsch oder irgendeinem anderen Reimeschmied verfaßten Gedicht, der sich auf den Sprungfedern seines Bettes wälzt, erschreckt von dem Elend seines sinnlosen Hungerlebens, verzweifelnd an aller Schönheit, die er nicht erreichen kann. Mein ganzes Leben scheint in jenes schmutzige Handtuch, die Bowery, eingeschlagen zu sein, durch die ich Tag für Tag, jahrein, jahraus gegangen bin... Und auch ich trage von jener Zeit Pockennarben an mir, die nie verschwinden werden. Wenn ich damals einen Namen hatte, so hieß er Cimex Lectularius. Wenn ich ein Heim hatte, so war es eine dröhnende Posaune. Wenn ich eine Leidenschaft hatte, so war es die Sehnsucht, mich reinzuwaschen.

In einem Wutanfall nehme ich den Pinsel, tauche ihn abwechselnd in alle Farben und beginne die Friedhofstore zu verschmieren. Ich schmiere und schmiere, bis die untere Hälfte des Bildes dick wie Schokolade ist, bis das Bild ganz nach Farbe riecht. Und als es vollständig ruiniert ist, sitze ich mit einer inhaltslosen Freude da und drehe die Daumen.

Dann habe ich plötzlich eine wirkliche Inspiration. Ich trage das Bild zum Ausguß, weiche es gründlich in Wasser ein und schrubbe es dann mit der Nagelbürste. Ich schrubbe und schrubbe, stelle dann das Bild auf den Kopf, um die Farben gehörig durcheinanderlaufen zu lassen. Dann glätte ich es sachte, ganz sachte auf dem Tisch aus. Es ist ein Meisterwerk, kann ich euch sagen. Ich habe es jetzt drei Stunden lang studiert.

Sie können erwidern, es ist nur durch Zufall ein Meisterwerk geworden, und *so* ist es auch. Aber auch der dreiundzwanzigste Psalm ist durch Zufall entstanden. Jede Geburt ist ein Wunder und bedarf einer Inspiration. Was sich nun vor meinen Augen ausbreitet, ist das Ergebnis zahlloser Fehler, Rückzüge, Radierungen, Unschlüssigkeiten, aber es ist auch das Ergebnis einer Gewißheit. Sie möchten gern die Nagelrste und das Wasser für den Erfolg verantwortlich machen. Tun Sie das! Tun Sie das! Machen Sie Dante verantwortlich. Spinoza, Hieronymus Bosch. Schieben Sie das Gelingen meinetwegen einer Aktiengesellschaft zu, oder besser noch Tante Amalie. Machen Sie Bilanz. Sehen Sie zu, daß alles auf Heller und Pfennig stimmt. Wenn Sie einen Pfennig aus der Tasche ziehen und damit Ihre Bücher in Ordnung bringen könnten, so würden Sie das tun, nicht wahr? Aber Sie haben es nicht mehr mit wirklichen Pfennigen zu tun. Es gibt keine Maschine, die so geschickt ist, diesen Pfennig, der gar nicht existiert, zu erfinden oder nachzuahmen. Die Welt der Wirklichkeit und der Nachahmung liegt hinter uns. Aus dem Handgreiflichen heraus sind wir in das Reich des Ungreifbaren gelangt.

Wenn man eine Bilanz ziehen, Einnahmen und Ausgaben ins Gleichgewicht bringen kann, so wird man kein Bild mehr haben. Jetzt haben Sie etwas Ungreifbares, ein Zufallsprodukt, und nun sitzen Sie die ganze Nacht über dem offenen Hauptbuch und zerbrechen sich den Kopf. Sie haben ein Minuszeichen vor sich. Alle bedeutenden und interessanten Posten haben ein Minusvorzeichen. Wenn Sie das entsprechende Pluszeichen dazu finden, haben Sie – *nichts*, Sie haben dieses imaginäre, augenblickliche Etwas, das man «Ausgleich» nennt. Aber es gibt gar keinen Ausgleich. Ein Ausgleich ist ein Betrug, genau dasselbe, wie wenn man eine Uhr anhält oder einen Waffenstillstand ausruft. Man bringt eine Waage ins Gleichgewicht, um ein hypothetisches Gewicht hinzuzufügen, um eine Berechtigung für seine Existenz zu schaffen.

Ich habe niemals ein solches Gleichgewicht herstellen, eine solche Bilanz ziehen können. Ich bin immer in etwas *minus.* Ich habe daher eine Berechtigung, weiterzuexistieren. Ich setze mein ganzes Leben in den Rechnungsabschluß ein, damit nichts dabei herauskommt. Um zu diesem Nichts zu kommen, muß man mit einer unendlich großen Anzahl Zahlen hantieren. Es ist so: in der lebendigen Gleichung ist das Zeichen für sich selbst Unendlichkeit. Um nirgendwo hinzukommen, muß man jedes bekannte Weltall durchqueren, man muß überall sein, um nirgendwo zu sein. Um Unordnung zu haben, muß man *jede* Form der Ordnung zerstören. Um verrückt zu werden, muß man eine erschreckende Menge Gesundheit aufspeichern. Alle Verrückten, deren Werke mich inspiriert haben, zeichneten sich durch kalte Vernünftigkeit aus. Sie haben mich nichts gelehrt, weil die Bilanzbogen, die sie uns vermachten, gefälscht sind. Ihre Berechnungen sind bedeutungslos für mich, weil die Zahlen verändert worden sind. Die wundervollen Kontobücher mit Goldschnitt, die sie hinterlassen haben, haben die häßliche Schönheit von Pflanzen, die im Dunkeln getrieben worden sind.

Mein Meisterwerk! Es ist wie ein Splitter unter dem Nagel. Jetzt, da Sie es betrachten, frage ich Sie: Sehen Sie in ihm die Seen jenseits des Urals? Sehen Sie den verrückten Kotschei, wie er sich mit einem papierenen Sonnenschirm im Gleichgewicht hält? Sehen Sie den Bogen Trajans durch den Rauch Asiens schimmern? Sehen Sie die Pinguine im Schneewasser des Himalaja stehen? Sehen Sie die Flüsse und Bäche durch die Friedhofstore gleiten? Sehen Sie das Fresko vom oberen Nil mit den fliegenden Gänsen, den Fledermäusen und den Vogelhäusern? Sehen Sie die wunderbaren Sattelknöpfe der Kreuzritter und den Speichel, der sie überspülte? Sehen Sie die Flammen aus den Wigwams schlagen? Sehen Sie die Alkaligruben und die Maultierknochen und den glitzernden Borax? Sehen Sie das Grab Belsazars und den Ghul, der es plündert? Sehen Sie die neuen Mündungen, die der Colorado sich öffnen wird? Sehen Sie die Seesterne auf dem Rücken liegen und die Moleküle, aus denen sie zusammengesetzt sind? Sehen Sie die brechenden Augen Alexanders oder die Trauer, die dadurch entstand? Sehen Sie die Tinte, mit der sich die Spottgedichte nähren?

Nein, ich fürchte, Sie sehen das alles nicht. Sie sehen nur den traurigen, in den Gletschern eingefrorenen Engel. Sie sehen nicht einmal die Schirmstangen, weil Sie für die Schirmstangen kein geübtes Auge haben. Aber Sie sehen einen Engel, und außer dem Engel sehen Sie noch den After eines Pferdes. So, die beiden können Sie behalten: die sind für Sie! Pockennarben sieht man an dem Engel jetzt nicht – er strahlt nur wie ein Scheinwerfer ein kaltes blaues Licht aus, das seine klägliche Verfassung deutlich beleuchtet. Der Engel ist da, um Sie zum Himmel zu führen, wo es nur Plus und kein Minus mehr gibt. Der Engel ist wie ein Wasserzeichen, eine Garantie dafür, daß Ihr Sehvermögen in Ordnung ist. Der Engel hat keinen Kropf, den Kropf hat der Künstler. Der Engel ist dort, um Petersiliensträußchen in Ihren Eierkuchen fallen zu lassen, um Ihnen ein Kleeblatt ins Knopfloch zu stekken.

Ich konnte die Mythologie aus der Pferdemähne herausschrubben, ich konnte das Gelb aus dem Jangtsekiang beseitigen. Ich konnte den Mann in der Gondel wegputzen, ich konnte die Wolken und das Seidenpapier wegschrubben, in denen die Buketts mit den gegabelten Blitzen verborgen waren. Aber den Engel kann ich nicht wegschrubben. Der Engel ist mein Wasserzeichen.

Jabberwhorl Cronstadt

Dieser Mann, dieser Schädel,
diese Musik...

Er wohnt hinten in einem tiefliegenden Garten, einer Art buschiger Lichtung, die von allerlei stakigen Stangen von der Größe von Wagenschwengeln bis zu Affenbrotbäumen überschattet wird, ein ländliches, mit großstädtischer Staffage geblümtes Wochenendidyll. Man geht durch ein Schilderhäuschen, wo der Portier con furioso seinen Schnurrbart hochzwirbelt wie im letzten Akt von Ouida. Die Wohnung befindet sich im dritten Stock hinter einer wie ein Gartenhäuschen aussehenden Veranda, deren Stützpfosten durch ein Gitterwerk von Hundeleinen und Talggeschwulsten, von Schuldverschreibungen und zum Trocknen aufgehängten Migränen miteinander verbunden sind. Über dem Klingelknopf steht: Jabberwhorl Cronstadt, Dichter, Musiker, Pflanzensammler, Wetterkundiger, Sprachwissenschaftler, Ozeanograph, alte Kleider, Kolloide. Darunter ist zu lesen: «Füße und Nase putzen!» Und noch weiter unten sieht man eine von einem alten Anzug abgeschnittene Rosette.

«Dies alles kommt mir recht seltsam vor»,

sagte ich zu meiner Begleiterin Dschillah Zilah Bey. «Er muß wieder seine Periode haben.»

Als wir auf den Knopf drückten, hörten wir ein Kind schreien. Es war ein klägliches, blechernes Winseln, etwa sowie der Traum eines Abdeckers endigt.

Schließlich kommt Katya an die Tür, Katya von Hessen-Kassel, und hinter ihr, dünn wie eine Oblate, mit einer Porzellanpuppe im Arm, steht die kleine Pinochini. Und Pinochini sagt: «Ihr solltet ins Wohnzimmer gehen, sie sind noch nicht angezogen.» Und als ich fragte, ob es denn noch lange dauern würde, da wir riesigen Hunger hätten, sagte sie: «O nein, sie ziehen sich schon stundenlang an. Ihr solltet euch das neue Gedicht ansehen, das Vater heute geschrieben hat, es liegt auf dem Kaminsims.» Während Dschilly ihren meterlangen Schal abwickelt, hüpft Pinochini kichernd umher und sagt: «O du liebe Güte, was ist denn nur mit der Welt los, alles ist so verdreht, und habt ihr wohl von dem faulen kleinen Mädchen gelesen, das seine Zahnstocher unter der Matratze verbarg? Eine sehr seltsame Geschichte. Vater las sie mir aus einem großen eisernen Buch vor.»

Ein Gedicht befindet sich nicht auf dem Kaminsims, aber andere Sachen: Die *Anatomie der Melancholie* von Burton, eine leere Flasche von

Pernod Fils, «Die schillernde See», eine Scheibe geschnittenen Stangentabaks, Haarnadeln, ein Straßenverzeichnis, eine Okarina und eine Zigarettenmaschine. Unter der Maschine liegen Notizen, die auf Menükarten, Visitenkarten, Klosettpapier und leere Streichholzmäppchen gekritzelt sind. «Um vier Uhr die Gräfin Cathcart treffen»... «der schillernde Schleim Michelets»... «Ausflüsse... Samenlappen... schwindsüchtig»... «fällt Ostern Mariä Verkündigung in den Schoß, so hüte dich, Alt-England, vor dem Stoß»... «von dem Samenschleim, aus dem sein Nachfolger entspringt»... «das Ren, die Otter, der Nerz».

Das Klavier steht in einer Ecke nahe der Veranda, ein schwarzer Klapperkasten mit silbernen Kerzenhaltern. Die schwarzen Tasten sind von den Wachtelhunden abgebissen. Auf verschiedenen Alben steht «Beethoven», «Liszt», «Chopin». Sie sind gefüllt mit Rechnungen, Maniküregeräten, Schachfiguren, Murmeln und Würfeln. Wenn er in guter Laune ist, schlägt Cronstadt ein Album auf, auf dem «Goya» steht, und spielt Ihnen etwas im hohen C vor. Er kann Opern, Menuette, schottische Tänze, spanische Sarabanden, Präludien, Fugen, Walzer und Militärmärsche spielen. Er kann Czerny, Prokofjew oder Granados spielen, er kann sogar improvisieren und gleichzeitig eine provenzalische Melodie pfeifen. Aber es muß alles im hohen C sein.

So macht es gar nichts aus, wie viele schwarze Tasten fehlen oder ob die Wachtelhunde läufig sind oder Junge kriegen oder nicht, ob das Wasser auf dem Klosett nicht läuft oder das Gedicht nicht geschrieben wird, ob der Kronleuchter von der Decke fällt, ob die Miete nicht bezahlt wird, ob das Wasser gesperrt wird, ob die Mädchen betrunken sind, ob der Ausguß verstopft ist und die Küchenabfälle im Mülleimer stinken, ob die Haarschuppen auf den Kragen fallen und das Bett knarrt, ob die Blumen den Mehltau bekommen, ob die Milch sauer wird, ob der Ausguß fettig wird und die Tapete verbleicht, wenn langweilige Nachrichten in der Zeitung stehen und große Unglücksfälle fehlen, wenn der Atem schlecht ist und die Hände klebrig werden, wenn das Eis nicht schmilzt, wenn die Pedale knarren, das ist alles gleich und einerlei, weil alles im hohen C gespielt werden kann, man muß sich nur daran gewöhnen, die Welt von diesem Gesichtswinkel aus zu betrachten.

Plötzlich öffnet sich die Tür, und ein riesiges, epileptisch aussehendes Vieh mit schleimigen Schnurrbarthaaren spaziert herein. Es ist Jocatha, die ausgehungerte Katze, ein päderastisch veranlagtes Ungeheuer mit einem maulwurfsgrauen Fell und zwei schwarzen Walnüssen unter ihrem steil aufrecht stehenden Schwanz. Sie läuft wie ein Leopard, sie hebt ihr Hinterbein wie ein Hund, sie harnt wie eine Eule.

«Eine Minute noch», ruft Jabberwhorl durch das Schiebefenster der Tür. «Ziehe gerade meine Hose an.»

Jetzt kommt Elsa herein, Elsa von Bad Nauheim. Sie stellt ein Tablett mit blutroten Gläsern auf die Kaminplatte. Der Kater windet sich und jault, springt hin und her und miaut kläglich. Er hat ein paar Körnchen Cayennepfeffer auf sein lilienweißes Näschen bekommen, auf seine Stupsnase, die so weich ist wie ein Dum-Dum-Geschoß. Er rennt in toller siamesischer Wut umher, und die Knochen in seinem Schwanz sind feiner aIs die feinsten Sardinengräten. Er schlägt die Krallen in den Teppich und kaut die Tapete, er rollt sich zu einer Spirale zusammen und öffnet sich wie eine Blumenkrone. Er schlägt mit dem Schwanz, daß man meint, die Knorpel flögen nach allen Richtungen, er schüttelt sich den Schleim aus den Schnurrbarthaaren. Er beißt glatt durch den Boden bis auf den Kern des Gedichts. Er pfeift im hohen C und ist durch und durch verrückt. Seine Augen sind magentarot wie altmodische Westenknöpfe. Er faucht und feixt, ist einmal braun wie Arnika und dann grün wie der Nil, er drängelt und schwängelt, tänzelt und schwänzelt, er rutscht Treppengeländer und kaut Meßgewänder.

Nun kommt Anna herein, Anna aus Hannoversch-Münden. Sie bringt Cognac, roten Pfeffer, Absinth und eine Flasche Worcestersauce. Und mit Anna kommen die kleinen Tempelkatzen Lahore, Mysore und Cawnpore. Sie sind alle Kater, mit Einschluß der Mutter. Sie rollen sich mit ihren verschrumpften Schädeln auf dem Boden und ergeben sich einer erbarmungslosen Päderastie. Und jetzt erscheint der Dichter in eigener Person und erkundigt sich, wie spät es ist, obschon er das Wort Zeit längst aus seinem Lexikon gestrichen hat. Zeit, die ein Verwandter des Todes ist. Der Tod die irrationale Größe und Zeit das rational Faßbare, Tod etwa reine Butter und Zeit Margarine, und jetzt ist ein bißchen Zeit zwischen den Akten, eine kleine Atempause, in der der biedere und rechtschaffene Mann sich einen Trank mischt, um seine Magenmuskeln zum Zucken zu bringen. «Zeit, Zeit», sagt er und schüttet sich ein wenig Cayennepfeffer in den Cognac. «Ein jedes Ding hat seine Zeit, obschon ich das Wort kaum mehr gebrauche», und dabei betrachtet er den geringelten Schwanz Lahores und setzt dann hinzu, daß die Toilette neu in Silbergrau hergerichtet sei und daß man dort ein Exemplar der *Humanité* fände. «Sie sind sehr schön», sagt er zu Dschillah Zilah Bey, und nun öffnet sich die Tür wieder, und Jill tritt in einem nilgrünen altgriechischen Gewand ein.

«Finden Sie nicht, daß sie schön ist?» sagt Jab. Alles ist plötzlich schön geworden, selbst das päderastische Ungeheuer Jocatha mit seinen zimtbraunen und flechtenweichen Walnüssen.

Mensch, halt dich am Geländer fest! Jab hat Bauchweh, das eigentlich seine Frau haben sollte. Einmal im Monat, regelmäßig wie der Mondwechsel, kommt es über ihn und wirft ihn nieder, und kein Mittel hilft ihm außer Cognac und Cayennepfeffer, die seine Magenmuskeln anregen. «Ich lege Ihnen, solange die Gans noch in der Pfanne schmort, drei Worte vor», sagt er. «Sie heißen: grillenhaft, wassersüchtig, schwindsüchtig.»

«Setz dich doch», sagt Jill. «Er hat seine Periode.»

Cawnpore liegt auf einem Album, das 24 Präludien enthält. «Ich werde euch einen Marsch spielen», erklärt Jab, wirft den Deckel der schwarzen Kiste zurück und klimpert plink, plank, plonk! «Paßt mal auf, ein Tremolo!» Und dabei schlägt er in rascher Aufeinanderfolge mit jedem Finger seiner rechten Hand auf die weiße C-Taste in der Mitte der Klaviatur, und die Schachfiguren, die Maniküregeräte und die unbezahlten Rechnungen rasseln wie betrunkene Knochenplättchen eines Schnippspiels. «Das ist Technik!» ruft er aus. Seine Augen sind blaugrün wie das Meer und mit Rauhreif umgeben. «Die Geschwindigkeit des Lichts wird nur von Engeln erreicht. Nur Engel können so schnell dahineilen wie das Licht. Man braucht tausend Lebensjahre, um zu dem Planeten Uranus zu gelangen, aber nie ist jemand dorthin gekommen, und es wird wohl auch niemand hinkommen. Hier ist eine amerikanische Sonntagszeitung. Haben Sie je darüber nachgedacht, wie man die Sonntagszeitungen liest? Zuerst kommt das Titelbild, dann der humoristische Teil, dann die Sportseite, der Unterhaltungsteil, die Theaternachrichten, dann die Bücherbesprechungen und schließlich die Überschriften. Noch mal Ontogenie, Phylogenie. Man muß die Ausdrücke, die man verwendet, definieren, dann wird man niemals Wörter wie Zeit, Tod, Welt und Seele gebrauchen. In jeder Behauptung ist ein kleiner Irrtum enthalten, und der Irrtum wird immer größer, bis die Sache restlos verfahren ist. Nur das Gedicht ist etwas Flecken- und Fehlerloses, vorausgesetzt, daß man weiß, was die Glocke geschlagen hat. Ein Gedicht ist ein Gespinst, das der Dichter aus seinem eigenen Körper nach einer inneren Logarithmentafel seines dichterischen Genius webt. Es ist immer richtig, weil der Dichter vom Mittelpunkt ausgeht und nach außen hin arbeitet...»

Das Telefon läutet.

«Pythagoras hatte recht... Newton hatte recht... Einstein hat recht...»

«Geh doch ans Telefon!» sagt Jill.

«Hallo? *Oui, c'est le monsieur Cronstadt. Et votre nom, s'il vous plaît?* Bimberg? Hören Sie mal, Sie sprechen doch englisch, nicht wahr? Ich auch... Was? Jawohl, ich habe drei Wohnungen, herrschaftliche Wohnungen, zu vermieten oder zu verkaufen. Was? Ja, mit Bad, Küche und Toilette... Nein, eine richtige Toilette. Nein, nicht draußen, sondern in der Wohnung. Eine, auf der man sich niedersetzen kann. Möchten Sie sie in Silber- oder in Goldanstrich? Was? Nein, die Toilette. Ich habe einen Mann aus München hier. Er ist Flüchtling. Flüchtling, Emigrant! Hitler! Hitler! *Compris?* Jawohl, endlich haben Sie's! Er hat ein Hakenkreuz auf der Brust, in Blau. Was? Nein, ich spreche im Ernst. Und Sie, machen Sie Spaß oder Ernst? Was? Hören Sie zu, wenn Sie es ernst meinen, so heißt das: blechen! Verstehen Sie? Bares Geld. Sie müssen bares Geld auf den Tisch legen. Was? Ja, so werden Geschäfte dort drüben gemacht. Franzosen können Sie nicht mit Schecks kommen. In der vergangenen Woche hatte ich einen Mann, der mich um 750 Francs betuppen wollte. Jawohl, ein amerikanischer Scheck. Was? Wenn Ihnen diese nicht gefällt, habe ich noch eine andere für Sie, eine mit einem Speiseaufzug. Er ist zwar jetzt nicht in Ordnung, aber man könnte ihn richten. Was? Oh, etwa 1000 Francs. Im obersten Stockwerk ist ein Billardzimmer... Was? Nein... nein... nein. So was haben wir hier nicht. Hören Sie mal, Herr Bimberg, Sie müssen sich darüber klarwerden, daß Sie jetzt in Frankreich sind. Jawohl, so ist's. Mit den Wölfen muß man heulen. Rufen Sie mich morgen früh an, ich muß nämlich jetzt essen. Hauptmahlzeit, verstehen Sie? Jawohl, ich esse. Was? Ganz recht, Bezahlung... Wiedersehen!»

Er legt den Hörer auf und sagt: «Da seht ihr, wie in diesem Haus Geschäfte gemacht werden. Schnelle Arbeit, was? Immobilien! Ihr lebt in einem Märchenland. Ihr denkt, Literatur ist alles. Ihr freßt Literatur. Hier bei uns essen wir zum Beispiel Gans. Ja, sie ist gleich fertig. Anna, wie steht's? Nicht fertig? *Merde alors!* Drei Mädchen... Flüchtlinge. Keine Ahnung, woher sie kommen. Jemand gab ihnen unsere Adresse. Nette Mädchen. Frisch, herzig, drall, kerngesund. Kein Platz für sie in Deutschland. Einstein schreibt eifrig Gedichte über das Licht. Diese Mädchen suchen Arbeit, eine Bleibe. Kennen Sie jemand, der ein Dienstmädchen braucht? Nette Mädchen, gut erzogen, aber zu einer richtigen Mahlzeit braucht man alle drei. Katya ist die beste von den dreien, sie kann bügeln. Diese da, Anna, lieh sich gestern meine Schreibmaschine und sagte, sie wolle ein Gedicht schreiben. Ich behalte euch nicht hier, damit ihr Gedichte schreibt, sagte ich. In diesem Haus schreibe ich Gedichte, wenn welche zu schreiben sind. Lernt ihr erst mal kochen und Strümpfe flicken. Sie machte ein langes Gesicht. Nun hör mal zu, Anna, sagte ich, du lebst in einer Phantasiewelt. Die Welt braucht keine Gedichte mehr. Die Welt braucht Brot und Butter. Kannst du mehr Brot und Butter machen? Das braucht die Welt. Lern Französisch, dann kannst du mir im Immobiliengeschäft helfen. Ja, die Leute brauchen Wohnraum. Ulkig, aber so ist die Welt heute. So war es übrigens immer, nur hat man das früher nicht geglaubt. Die Welt ist für die Zukunft gemacht – für den Planeten Uranus. Niemand wird jemals auf den Planeten Uranus kommen, aber das ist ja gleich. Die Leute brauchen Wohnraum und Brot und Butter, um der Zukunft willen. So war es in der Vergangenheit, so wird es in der Zukunft sein. Die Gegenwart? So etwas wie Gegenwart gibt es nicht. Es gibt ein Wort – Zeit –, aber niemand weiß eigentlich, was damit gemeint ist. Es gibt eine Vergangenheit und eine Zukunft, und die Zeit läuft hindurch wie ein elektrischer Strom. Die Gegenwart ist nur ein Hirngespinst, ein Traumzustand… ein Oxymoron. Da, das ist ein Wort, ich schenke es Ihnen. Schreiben Sie ein Gedicht darüber. Ich habe dafür zuviel zu tun, das Immobiliengeschäft nimmt einen ganz in Anspruch. Muß Gans und Kronsbeerensauce haben… Hör mal, Jill, was war das doch noch mal für ein Wort, das ich gestern nachschlug?»

«Omoplate?» sagt Jill wie aus der Pistole geschossen.

«Nein, nein, das war es nicht, Omo… Omo…»

«Omphalos?»

«Nein, nein, Omo… Omo…»

«Ich hab's!» ruft Jill: «Omophagia!»

«Omophagia, das ist's! Gefällt Ihnen das Wort? Nehmen Sie es mit. Was ist denn? Sie trinken ja nicht. Jill, wo zum Teufel ist der Cocktailshaker, den ich neulich in dem Aufzug fand? Können Sie sich vorstellen… einen Cocktailshaker! Wie das auch nun sein mag, ihr scheint zu glauben, daß Literatur etwas Lebenswichtiges ist. Durchaus nicht. Es ist eben nur Literatur. Ich könnte auch Literatur machen, wenn ich nicht diese Flüchtlinge zu füttern hätte. Sie wollen wissen, was die Gegenwart ist? Schauen Sie sich das Fenster da drüben an. Nein, nicht das... eins weiter. Dort! Jeden Tag sitzen sie dort an dem Tisch und spielen Karten... nur die beiden für sich. Sie hat immer ein rotes Kleid an, und er mischt die Karten. Das ist Gegenwart. Und wenn man noch ein Wort hinzusetzt, muß der Konjunktiv stehen...»

«Mein Gott, ich muß doch mal sehen, was diese Mädchen machen», sagt Jill.

«Nein, bleib hier. Darauf warten sie ja gerade... sie warten darauf, daß du kommst und ihnen hilfst. Sie müssen lernen, daß dies eine reale Welt ist. Ich will, daß sie das verstehen lernen. Ich werde schon geeignete Stellen für sie finden. Ich habe einen Haufen Stellen für sie. Aber zuerst sollen sie mir was zu essen kochen.»

«Elsa sagt, daß alles fertig ist. Laßt uns hineingehen.»

«Anna, bring die Flaschen herein und stell sie auf den Tisch!»

Anna sieht Jabberwhorl hilflos an. «Da haben Sie's! Sie haben bis jetzt nicht einmal gelernt, englisch zu sprechen. Was soll ich mit ihnen anfangen? Anna... hier! Raus mit ihnen! Versteht ihr? Und gieß dir dein Glas voll, du blinzelnder Idiot!»

Das Eßzimmer ist matt erleuchtet. Auf dem Tisch steht ein Kandelaber. Das Geschirr glitzert. Gerade als wir uns setzen, läutet das Telefon. Anna rafft die lange Schnur zusammen und stellt den Apparat auf den Anrichtetisch gerade hinter Cronstadt. «Hallo!» brüllt er und fuchtelt mit der langen Schnur herum. «Wie Gedärme!... Hallo? *Oui! Oui, madame... je suis le monsieur Cronstadt... et votre nom, s'il vous plaît? Oui, il y a un salon, un entresol, une cuisine, deux chambres à coucher, une salle de bain, un cabinet... oui, madame... Non, ce n'est pas cher, pas cher du tout... on peut s'arranger facilement... comme vous voulez, madame... A quelle heure? Oui... avec plaisir... Comment? Que dites-vous? Ah non! Au contraire! Ça sera un plaisir... Au revoir, madame!*» Er haut den Hörer auf die Gabel. «Küß die Hand, Madame! Möchten Sie sich gern den Rücken kratzen lassen, Madame? Nehmen Sie Milch zum Kaffee, Madame? Wollen Sie...»

«Wer war denn das?» sagt Jill. «Mit der bist du ja sehr sanft umgegangen, *Oui, madame*...

non, madame! Hat sie dir auch versprochen, dir einen Rausch zu kaufen?» Zu uns gewandt: «Stellen Sie sich vor: gestern hat er eine Schauspielerin hiergehabt, während ich gerade im Bad war... irgend so ein Flittchen vom Casino de Paris... und sie nimmt ihn mit und hängt ihm einen Rausch an...»

«Du erzählst das nicht richtig, Jill. Es ist so... Ich zeige ihr eine reizende Wohnung – mit einem Speiseaufzug –, und sie sagt, sie möchte meine Gedichte sehen – *ma poésie* – lautet besser auf französisch... und so bringe ich sie hierher, und sie bietet mir an, sie für mich auf belgisch drukken zu lassen.»

«Warum belgisch, Jab?»

«Weil sie eine Belgi-erin – verdammtes Wort – Belgierin war. Ist ja gleich, in welcher Sprache sie gedruckt werden, nicht wahr? Gedruckt müssen sie jedenfalls werden, sonst wird sie niemand lesen.»

«Aber wieso hat sie dir das denn so schnell angeboten?»

«Was weiß ich? Vielleicht, weil sie gut sind, denke ich mir. Warum sollte sonst jemand Gedichte drucken lassen?»

«Was für ein Unsinn!»

«Seht ihr? Sie glaubt mir nicht.»

«Natürlich nicht. Wenn ich dich mit Primadonnen ertappe oder mit irgendeiner Spitzentänzerin oder Trapezkünstlerin oder überhaupt mit irgendwas Französischem, das Röcke trägt, dann ist doch bestimmt der Teufel los, besonders wenn sie dir anbieten, deine Gedichte drukken zu lassen!»

«Da habt ihr's!» sagt Jabberwhorl meergrünkühl und düster. «Darum bin ich im Immobiliengeschäft... Laßt euch nicht stören und eßt weiter... Ich schaue zu.»

Er mischt sich wieder eine Dosis Cognac und Pfeffer. «Ich denke, du hättest jetzt genug», sagt Jill. «Jesus, wie viele hast du heute schon vertilgt?»

«Komisch», sagt Jabberwhorl, «vor ein paar Augenblicken habe ich sie wieder in Ordnung gebracht, gerade bevor ihr kamt, aber bei mir selbst geht das nicht so einfach...»

«Wo bleibt denn nur die Gans?» fragt Jill. «Entschuldigen Sie mich. Ich muß mal sehen, was die Mädchen eigentlich machen.»

«Nein, du bleibst hier», sagt Jab und stößt sie auf den Stuhl zurück. «Wir werden hier einfach sitzen bleiben und warten... warten und sehen, was geschieht... Vielleicht wird die Gans niemals kommen. Wir werden hier sitzen und warten – unendliche Zeit warten... so wie jetzt, mit den Kerzen und den leeren Suppentellern und den Vorhängen und... ich kann mir ganz gut vorstellen, wie wir hier sitzen und jemand uns einmauert... Wir sitzen hier und warten darauf, daß Elsa die Gans bringt, und die Zeit vergeht, und es wird dunkel, und wir sitzen hier Tag für Tag... Seht ihr die Kerzen da? Wir werden sie essen. Und die Blumen da? Die auch. Wir werden die Stühle aufessen, die Anrichte, den Wekker, die Katzen, die Vorhänge, wir werden die Bestecke aufessen, die Tapete und die Wanzen, die dahinter sind – wir werden unseren eigenen Dreck fressen und den niedlichen neuen Fetus, den Jill in sich trägt... wir werden uns gegenseitig auffressen...»

In diesem Augenblick kommt Pinochini herein, um gute Nacht zu sagen. Sie läßt den Kopf hängen, und ihre Augen haben einen ängstlich forschenden Ausdruck.

«Was ist denn mit dir heute abend?» sagt Jill. «Du siehst so sorgenvoll aus.»

«Ich weiß nicht recht, was es ist», sagt die Kleine. «Ich möchte dich gern etwas fragen... Eine äußerst verwickelte Sache. Ich weiß nicht, wie ich meine Gedanken ausdrücken soll.»

«Na, was ist denn, Kleines?» sagt Jab. «Nur raus damit. Vor dem Herrn und der Dame brauchst du dich nicht zu genieren. Den kennst du doch, nicht wahr? Also los, spuck es aus!»

Die Kleine steht noch immer mit gesenktem Kopf da. Aus einem Augenwinkel blickt sie verschmitzt zu ihrem Vater auf und blubbert: «Oh, was soll das alles nur bedeuten? Warum sind wir überhaupt hier? Ist die Welt überhaupt wirklich? Ist dies die einzige Welt, die existiert, und warum ist sie da? Das möchte ich gern wissen.»

Wenn Jabberwhorl Cronstadt erstaunt war, so zeigte er es jedenfalls nicht. Er nahm unbekümmert seinen Cognac auf, schüttete ein bißchen Cayennepfeffer hinein und antwortete munter: «Nun hör mal zu, Kind. Bevor ich deine Frage beantworte – wenn du wirklich auf der Beantwortung dieser Frage bestehst –, so mußt du mal zuerst deine Begriffe definieren.»

In diesem Augenblick erklang aus dem Garten ein langes, schrilles Pfeifen.

«Mowgli!» sagt Cronstadt. «Sag ihm, er soll raufkommen.»

«Heraufkommen!» sagt Jill und tritt ans Fenster. Keine Antwort. «Er muß fortgegangen sein. Ich sehe ihn nicht mehr.»

Eine Frauenstimme erklingt… *«Il est saoul – complètement saoul.»*

«Bring ihn heim. Sag ihr, sie soll ihn nach Hause bringen!» brüllt Cronstadt.

«Mon mari dit qu'il faut rentrer chez vous… oui, chez vous.»

«*Y'en a pas!*» flötet es vom Garten herauf.

«Sag ihr, sie soll mein Exemplar von Ezra Pounds *Cantos* nicht verlieren», schreit Cronstadt. «Und bitte sie nur ja nicht wieder her. Wir haben keinen Platz hier. Sind froh, wenn wir deutsche Flüchtlinge unterbringen können.»

«Es ist eine Schande», meint Jill und kehrt zum Tisch zurück.

«Da hast du wieder nicht recht», sagt Jab. «Es ist sehr gut für ihn.»

«Oh, du bist betrunken», sagt Jill. «Wo bleibt denn nur diese verfluchte Gans? Elsa! Elsa!»

«Sorg dich doch nicht um die Gans, Liebling. Dies ist ein unterhaltsames Spiel. Wir werden hier sitzen bleiben und sehen, wer es am längsten aushält. Wäre es nicht wunderbar, wenn ihr alle hier säßet, und ich würde langsam kleiner und kleiner, bis ich nur noch ein winziges imaginäres Fleckchen wäre, so daß ihr ein Vergrößerungsglas zu Hilfe nehmen müßtet, um mich zu sehen? Und ihr würdet sagen: Wo steckt er? Und ich würde sagen: Timur, logodaedaleia, glycophosphates, Billancourt, Ti-mur... timti-bum, bum-tata... und ihr würdet sagen...»

«Jesus, Jab, du bist betrunken!» sagt Jill und steht auf, um den spanischen Umhang zu holen.

«Richtig», sagt Jab, «alles, was sie sagt, ist richtig. Ihr meint, ich sei ein widerwärtiger Kerl.

Du da», setzt er hinzu, indem er sich an mich wendet, «du mit deinen mongolischen Verben, deinen transitiven und intransitiven, siehst du nicht, was für ein unmöglicher Mensch ich bin? Du sprichst die ganze Zeit von China. Dies *ist* China, siehst du das nicht? Dies – dies was? Hol mir den Umhang, Jill, mich friert. Eine schreckliche Kälte, unterkühlte Eiseskälte. Ihr seid warm, aber mich friert. Ich fühle, wie die Eisberge sich hochtürmen. Tatsache. Alles rollt nach Vorschrift ab: der Dollar fällt, die Wohnungen werden vermietet, die Flüchtlinge werden untergebracht, das Klavier wird gestimmt, die Rechnungen werden bezahlt, die Gans wird gebraten – und worauf warten wir? Auf die nächste Eiszeit! Morgen früh tritt sie ein. Man geht zum Fenster, und alles ist steifgefroren. Keine Probleme mehr, keine Geschichte mehr, gar nichts mehr, Schluß der Vorstellung. Wir sitzen hier wie jetzt und warten darauf, daß Anna die Gans bringt, und plötzlich rollt das Eis über uns weg. Ich fühle die schreckliche Kälte bereits jetzt. Das Brot ganz mit Eiszapfen bedeckt, die Butter weißlich vereist, die Gans in einer Eiskruste einbalsamiert, die Wände wie mit Schimmel bedeckt... Eis... Eis! Und dieser kleine Engel, dieser helle neue Embryo, den Jill unter ihrem Gürtel trägt, wird ihr in der Gebärmutter einfrieren, ein weißschleimiges Menschlein mit eiskalten Flügeln und Schneckenlippen. Eins, zwei, drei, und alles ist still und ruhig. Sagt etwas Warmes. Meine Beine sind gefroren. Herodot sagt, daß der Phönix beim Tode seines Vaters den Körper in ein aus Myrrhen hergestelltes Ei einbalsamiert, und alle fünfhundert Jahre trägt er das kleine Myrrhenei aus der arabischen Wüste zum Sonnentempel in Heliopolis. Wie gefällt euch das? Nach Plinius gibt es immer nur ein Ei, und wenn der Vogel merkt, daß sein Ende nahe ist, baut er ein Nest von Cassiazweigen und Weihrauch und stirbt darauf. Aus dem Nest wird ein kleiner Wurm geboren, welcher der Phönix wird. Daher *bennu*, Symbol der Auferstehung. Wie findet ihr das? Ich brauche etwas Heißeres. Hier habe ich es ... In Bulgarien gibt es Leute, die über glühende Kohlen schreiten, die Nistingaren. Der Feuertanz findet am 21. Mai statt, zum Fest der heiligen Helena und des heiligen Konstantin. Sie tanzen auf den rotglühenden Kohlen, bis sie blau im Gesicht sind, und dann geben sie Prophezeiungen von sich.»

«Das gefällt mir alles nicht», sagt Jill.

«Mir auch nicht», gibt Jab zu. «Ich mag lieber die Geschichte von den Seelenwürmchen, die zur Auferstehung aus dem Nest fliegen. Jill hat auch eines von ihnen in sich ... es macht sich, dehnt sich, wächst. Man kann es nicht aufhalten. Gestern war es eine Kaulquappe, morgen wird es eine Geißblattranke sein. Kann noch nicht sagen, was aus ihm werden wird. Es stirbt jeden Tag im Nest und am nächsten wird es neu geboren. Legt euer Ohr an ihren Leib, dann könnt ihr hören, wie es mit den Flügeln flattert. Flattert... Flattert... fll... flll. Und wenn ihr eine Nadel hineinsteckt und den Sack anbohrt, kommen sie alle herausgeflattert... stellt euch das vor... eine große Wolke Seelenwürmer... Millionen... und so dick ist der Schwarm, daß wir einander nicht sehen könnten. Tatsache! Es hat gar keinen Zweck, über China zu schreiben. *Darüber* schreibt! Über das, was in euch ist... über die große, schwindelerregende Wirbelsäulenbildung... die Zoosporen und die Leukozyten... die Wamroths und die Hohenlindens... Das sind Stoffe für Gedichte. Die Qualle ist ebenfalls ein Gedicht – das schönste aller Gedichte. Man kann sie hier zwicken, man kann sie da zwicken, sie schlittert und glitscht, flitscht einem glitschig aus den Fingern, hat aber einen Grimmdarm und Eingeweide, ist wurmförmig und allgegenwärtig. Auch Mowgli, der im Garten nach der Miete pfeift, ist auch ein Gedicht, ein Gedicht mit großen Ohren, ein wickel-wakkel-zackel Fledermausohr-Gedicht mit runden, rotkehlchenbrüstigen Rüschen, die sich öffnen wie eine offene Barutsche. Er rülpst rülpisch mit dem Rüssel... er wackelt wetterwendisch Wetter wieder weiter... Mowgli... owgli... Whist und Wurst...»

«Jetzt verliert er den Verstand», meint Jill.

«Wieder falsch», sagt Jab. «Ich bin gerade zu neuem Bewußtsein erwacht. Ihr meint, ein Gedicht müsse einen Einband haben. Im Augenblick, wo du etwas schreibst, hört das Gedicht schon auf. Das Gedicht ist die Gegenwart, die man nicht definieren kann. Man lebt es. Alles ist ein Gedicht, wenn es Zeit in sich hat. Man braucht auf keine Dampffähre zu steigen oder nach China zu gehen, um ein Gedicht zu schreiben. Das schönste Gedicht, das ich jemals erlebte, war ein Küchenausguß. Habe ich euch je davon erzählt? Es waren zwei Hähne da, der eine hieß Froid und der andere Chaud. Froid führte mit Hilfe eines an seiner Mündung angebrachten Gummischlauchs ein Leben in großem Maßstab. Chaud glänzte hell und war bescheiden. Chaud tröpfelte die ganze Zeit, als hätte er einen Tripper. An Dienstagen und Freitagen ging er zur Moschee, wo sich eine Klinik für geschlechtskranke Wasserhähne befand. An diesen Tagen mußte Froid die ganze Arbeit allein tun. Er war ein fanatischer Arbeiter. Es war seine ganze Welt. Chaud jedoch mußte man streicheln und schmeicheln. Man mußte sagen: ‹Nicht so schnell›, oder er schälte einem gleich die Haut ab. Ab und zu arbeiteten Chaud und Froid gemeinsam, aber das war selten. An Samstagabenden, wenn ich meine Füße an dem Ausguß wusch, dachte ich oft, wie vollkommen die Welt war, über die diese beiden herrschten. Es gab für sie nichts anderes als diesen eisernen Ausguß und seine beiden Hähne. Kein Anfang und kein Ende. Chaud war das Alpha und Froid das Omega. Ewige Dauer. Die Zwillinge, die über Leben und Tod herrschten. Alpha-Chaud durchlief alle Grade von Fahrenheit und Réaumur, durchzog magnetische Felder und Kometenschwänze, gelangte durch den kochenden Kessel des Mauna Loa in das farblose Licht des tertiären Mondes. Omega-Froid lief durch den Golfstrom in das Sumpfbett des Sargassomeeres, durch Beuteltiere und Foraminiferen, durch säugende Wale und Polarspalten, durch Inselweltalle, durch tote Kathoden, durch abgestorbene Knochen und Holzmulm, durch die Drüsenbläschen und Fühlhörner noch nicht entstandener Welten, ungesehener, ungeborener und für immer verlorener Welten. Alpha-Chaud tröpfelt, tröpfelt; Omega-Froid arbeitet, arbeitet. Hände, Füße, Haare, Gesicht, Geschirr, Gemüse, Fisch – alles reingewaschen und weggespült. Verzweiflung, Lebensüberdruß, Haß, Liebe, Eifersucht, Verbrechen... tröpfel, tröpfel, tröpfel. Ich, Jabberwhorl, und meine Frau Jill und nach uns Legionen auf Legionen... alle stehen sie an dem eisernen Ausguß. Und durch den Ausguß werden weggeschwemmt Samen, junge Melonen, Brei, Kaviar, Makkaroni, Galle, Speichel, Auswurf, Salatblätter, Sardinengräten, Worcestersauce, abgestandenes Bier, Urin, Blutklumpen, Natronsalze Hafermehl, Kautabak, Blütenstaub, Staub, Fett, Wolle, Baumwollfäden, Streichhölzer, lebende Würmer, Grieß, angebrannte Milch, Rizinusöl. So wird der Samen des Abfalls immer wieder ausgesät, und er kommt zurück in reinen Duftwellen einer wunderbaren chemischen Substanz, für die es keinen Namen gibt, die man nicht klassifizieren, mit einem Zettelchen bekleben, analysieren oder abfüllen und vierteilen kann. Er kommt wie Froid und Chaud immer wieder, wie eine Wahrheit, die nicht unterzukriegen ist. Man kann sie heiß oder kalt nehmen oder auch lauwarm. Man kann die Füße waschen oder gurgeln, man kann sich die Seife aus den Augen spülen oder den Sand aus den Salatblättern waschen, man kann das neugeborene Kind baden oder die steifen Glieder eines Toten abschrubben, man kann Brot für Frikadellen einweichen oder seinen Wein wässern. Erste und letzte Dinge. Elixier. Ich, Jabberwhorl, koste das Lebens- und Todeselixier. Ich, Jabberwhorl, aus Abfall und H_2O zusammengesetzt, aus heiß und kalt und all den dazwischenliegenden Stufen, aus Schaum und Borken, aus feinsten und dünnsten, unverderblichen Substanzen, aus großen Nähten und kompakten Knochen, aus Eisspalten und Reagenzgläsern, aus Samen- und Eiteilchen, die durcheinandergemischt, aufgelöst, aufs feinste verteilt sind, aus Gummischlauch und Messinghahn, aus toten Kathoden und schwärmenden Infusorien, aus Salatblättern und eingemachtem Sonnenlicht, ich, Jabberwhorl, sitze an dem eisernen Ausguß und bin verdutzt und begeistert, niemals weniger und niemals mehr als ein Gedicht, eine eiserne Stanze, ein kochendes Samenbläschen, ein verlorenes weißes Blutkörperchen. Der eiserne Ausguß, wo ich mein Herz ausspie, wo ich meine zarten Füße badete, über den ich mein erstes Kind hielt, wo ich mein wundes Zahnfleisch wusch, wo ich sang wie eine mit Diamanten bepanzerte Sumpfschildkröte und wo ich jetzt singe und immer singen werde, mögen sich auch die Röhren verstopfen und mögen die Hähne rosten, mag auch die Zeit auslaufen und ich alles sein, was von Gegenwart, Vergangenheit und Zukunft da ist. Singe, Froid, singe transitiv! Sing, Chaud, sing intransitiv! Sing, Alpha und Omega! Sing Hallelujah! Sing, o sing! Sing, während die Welt sinkt...»

Und während er laut und klar wie ein sterbender Schwan sang, bahrten wir ihn auf dem Bett auf.

Das Konzertcafé

Jetzt wirkt die Ruhe Scheveningens wie ein Betäubungsmittel.

Als ich an der Bar stehe und die englische Vogelscheuche betrachte, der sämtliche Vorderzähne fehlen, fällt es mir plötzlich wieder ein: «*Nicht auf den Boden spucken!*» Es kommt wie ein Traum über mich: «Nicht auf den Boden spukken!» Es war in Freddies Bar in der Rue Pigalle. Ein Mann mit schaumweißen Fingern, ein Mann in weißem Seidenhemd mit losen, fliegenden Ärmeln hatte gerade «Leb wohl, Mexiko!» hingelegt. Sie sagte, sie tue jetzt nicht viel, sähe sich nur so ein bißchen in der Gegend um. Sie war vom Rundfunk und hatte die Maul- und Klauenseuche. Sie lief dauernd durch die Glaskugelvorhänge zur Toilette und wieder zurück. Die Harfe war wunderbar, gerade wie wenn ein Engel ins Bier pißt. Sie war beschwipst und versuchte gleichzeitig, Dame zu spielen. Ich hatte einen Brief von einem verrückten Holländer in der Tasche, der gerade von Sofia zurückgekommen war. «Am Samstagabend», hieß es darin, «hatte ich nur einen Wunsch, nämlich daß Sie hätten neben mir sitzen können.» (*Wo*, sagte er nicht.) «Ich kann Ihnen jetzt nur das eine schreiben – nachdem ich das lärmende, brodelnde New York verlassen habe, wirkt die Ruhe einer Stadt wie Scheveningen wie ein Betäubungsmittel auf mich.» Er hatte in Sofia den Lebemann gespielt und sich die Primadonna der Königlichen Oper zu Gemüte geführt. Dadurch hatte er sich, wie er sagte, den Ruf eines Wüstlings und die Gunst des dortigen Publikums erworben. Er wollte sich jetzt von der Welt zurückziehen und ein ordentliches Leben führen – in Scheveningen.

Ich hatte den Brief den ganzen Abend nicht angesehen, aber als die englische Vogelscheuche den Mund öffnete und ich sah, daß ihr alle Vorderzähne fehlten, fiel es mir wieder ein: «Nicht auf den Boden spucken!» Wir, der verrückte Holländer und ich, gingen durch das Ghetto. Er trug eine Botenuniform. Er hatte alle Botschaften abgeliefert und war nun für den Abend frei. Wir gingen auf das Café Royal zu, um uns dort niederzulassen und uns in Ruhe ein paar Glas Bier zu Gemüte zu führen. Ich erlaubte ihm, sich neben mich zu setzen und mit mir ein Glas Bier zu trinken, weil ich sein Vorgesetzter war und er in seiner Freizeit machen konnte, was er wollte.

Wir gingen durch die Zweite Avenue nach Norden zu, als ich plötzlich ein Schaufenster mit einem illuminierten Kreuz bemerkte, und darauf stand geschrieben: «Wer an mich glaubt, wird nicht sterben...» Wir gingen hinein. Auf einem Podium stand ein Mann und sagte: «Schwester Powell, wieder ein Lied bitte! Kommt nun, Brüder, wer will Zeugnis ablegen? Ja, Hymne Nr. 73. Nach der Versammlung werden wir uns alle zu unserer durch einen Todesfall betroffenen Schwester, Frau Blanchard, begeben. Wir wollen uns erheben, während wir Hymne Nr. 73 singen: *Herr, stell meine Füße auf höheren Grund.* Wie ich schon vorher sagte, als ich den Dachdecker unseren neuen Kirchturm hell und rein anstreichen sah, kamen mir die Worte dieser lieben alten Hymne auf die Lippen: *Herr, stell meine Füße auf höheren Grund.*»

Der Raum war sehr klein, und überall waren Tafeln mit der Aufschrift: «Der Herr ist mein Hirte, mir wird nichts mangeln» und ähnlichen. Die auffallendste Inschrift befand sich über dem Altar: *«Nicht auf den Boden spucken!»* Sie sangen alle die Hymne Nr. 73 zu Ehren des neuen Kirchturms. Wir standen auf dem höheren Grund und hatten eine gute Übersicht über die Tafeln an der Wand, besonders die über der Kanzel: *«Nicht auf den Boden spucken!»* Schwester Powell pumpte tüchtig die Orgel. Sie sah keusch und vergeistigt aus. Der Mann auf dem Podium sang lauter als die anderen. Obschon er die Worte auswendig konnte, hielt er das Gesangbuch vor sich hin und sang nach den Noten. Er sah aus wie ein Schmied, der die Vertretung des regelmäßigen Predigers übernommen hat. Er war sehr laut und sehr ernst. Zwischen den Liedern tat er sein Bestes, die Leute zum Zeugnisgeben zu bringen. Dann und wann sprang einer auf und sagte mit quäkender Stimme: «Ich preise Gott, den Retter und Erhalter!» *Amen! Ehre sei Gott in der Höhe. Halleluja h!*

«Kommt jetzt», brüllte der Schmied, «wer will Zeugnis geben? Bruder Eaton, willst du nicht Zeugnis geben?»

Bruder Eaton stolpert hoch und sagt feierlich: «Er kauft mich um teuren Preis.»

Amen! Amen! Hallelujah!

Schwester Powell wischt sich die Hände mit einem Taschentuch ab. Sie tut es vergeistigt. Nachdem sie sich die Hände abgewischt hat, schaut sie mit leerem Blick auf die Wand vor ihr. Sie sieht aus, als habe der Herr sie gerade gesalbt.

Bruder Eaton, der um teuren Preis gekauft wurde, sitzt jetzt ruhig mit gefalteten Händen da. Der Schmied erklärt, daß Bruder Eaton um den Preis von Christi eigenem teurem Blut gekauft wurde, vergossen am Kreuz auf dem Kalvarienberg. Er möchte noch andere zum Zeugnisgeben verlocken. «*Ein anderer bitte!*» In Bälde, erklärt er, werden wir alle geschlossen zu Frau Blanchard gehen, um einen letzten Blick auf ihren teuren Sohn zu werfen, der in der vergangenen Nacht gestorben ist. «*Kommt jetzt, wer will Zeugnis geben?*»

Eine quäkende Stimme: «Brüder, ihr wißt, ich habe nicht viel für dieses Zeugnisgeben übrig, aber es gibt einen Vers, der mir sehr, sehr am Herzen liegt. Kolosser 3. ‹*Stehet still und schauet das Heil des Herrn.*› Stehet still, Brüder. Seid ganz ruhig. Versucht es manchmal. Werft euch auf die Knie und versucht, an *Ihn* zu denken. Versucht, auf *Ihn* zu hören. Laßt *Ihn* sprechen. Brüder, dieser Vers liegt mir sehr am Herzen. Kolosser 3: ‹Stehet still und schauet das Heil des Herrn.›»

Hört! Hört! Ehre sei Gott in der Höhe! Lobt den Herrn! Hallelujah!

«Schwester Powell, ein neues Lied bitte!» Er wischt sich über das Gesicht. «Bevor wir einen letzten Blick auf Schwester Blanchards lieben Sohn werfen, laßt uns alle zusammen noch eine Hymne singen: ‹Jesus, unsre Zuversicht.›»

Es ist alles tadellos geordnet. Wir gehen alle geschlossen fort, um einen letzten Blick auf Schwester Blanchards teuren Sohn zu werfen.

Alle miteinander – Kolosser, Pharisäer, Rotznasen, Saufbrüder und gebrochene Soprane, alle geschlossen, um einen letzten Blick zu werfen.

Ich weiß nicht, was dem verrückten Holländer zugestoßen ist, der ein Glas Bier haben wollte. Wir gehen alle geschlossen zu Schwester Blanchard – die Juden und die Heiden, Hymne Nr. 73 und *Nicht auf den Boden spucken!* Bruder Pritchard, du machst das Licht aus. Und Schwester Powell, wir singen wieder eine Hymne. Leb wohl, Mexiko! Wir gehen zu Schwester Blanchard, gehen hin, um unsere Füße auf höheren Grund zu stellen. Hier fehlt eine Nase, dort ein Auge. Schief, rheumatisch, gallenkrank, süß, vergeistigt, wurmig und wahnsinnig. Wir gehen alle geschlossen, um den Kirchturm hell und rein anzustreichen. Jesus, unsre Zuversicht. Wir erwarten alle still das Heil des Herrn. Bruder Eaton muß den Hut herumhalten, und Schwester Powell muß die Spucke von den Wänden wischen. Alle um teuren Preis gekauft, um den Preis einer guten Zigarre. *Jetzt wirkt die Ruhe Scheveningens wie ein Betäubungsmittel.* Alle Botschaften sind abgeliefert. Für jene, die sich lieber verbrennen lassen wollen, haben wir ein paar sehr schöne Urnennischen. Schwester Blanchards lieber toter Sohn liegt auf Eis, seine Zehen wachsen. Das Mausoleum sorgt für einen Platz, wo Familien und Freunde Seite an Seite in einem schneeweißen Gemach liegen können, hoch und trocken über dem Boden, wo weder Wasser noch Feuchtigkeit oder Moder eindringen können.

Auf dem Wege zum National-Wintergarten in einem gelben Taxi. Die Ruhe Scheveningens wirkt auf mich. Überall Buchstaben wie Musik, und Gott, der Retter und Erhalter, sei gepriesen. Überall schwarzer Schnee, überall lausige schwarze Perücken. «Beachten Sie unser Schaufenster! Restbestände zu stark herabgesetzten Preisen. Müssen räumen.» *Ehre sei Gott in der Höhe! Hallelujah!* Die Armut wandelt in Pelzmänteln einher. Türkische Bäder, russische Bäder, Sitzbäder... Bäder, Bäder, und keine Reinlichkeit. Clara Bow gibt «Paris liebt». Der Geist Jakob Gordins schwebt über den blutgetränkten Tundren. Die St. Markuskirche auf der Bowery sieht grau aus wie eine Küchenschabe, aber ihre Wände sind süß gezuckert und bunt bemalt. *Brückenbau... Angemessene Preise.* Moskowitz kitzelt die Zimbel, und die Zimbel kitzelt den im Eisschrank konservierten Rumpf Leo Tolstojs, der jetzt ein vegetarisches Restaurant geworden ist. Der ganze Planet ist umgekrempelt, um Warzen, Pickel, Mitesser und Fettgeschwülste zu erzeugen. Die Krankenhäuser werden alle renoviert, Eintritt frei, Seiteneingang. Allen Leidenden, allen, die mühselig und beladen sind, allen armen Schluckern, die mit Ekzemen, Mundfäule, Krebs, Wassersucht beladen sind, kund und zu wissen, daß der Seiteneingang frei ist. Kommt alle, die ihr... Kommt auch, ihr rotznasigen Ungläubigen! Kommt, ihr schnüffelnden Pharisäer! Kommt und laßt euch eure Eingeweide renovieren, was weniger kostet als ein gewöhnliches Erdbegräbnis. Kommt noch heute! Jesus will euch haben. Kommt, bevor es zu spät ist – wir schließen Punkt 7.15.

Cleo tanzt jeden Abend!!

Cleo, Liebling der Götter, tanzt jeden Abend. *Mama, ich komme! Mama, ich will gerettet werden!* Ich steige die Leiter hinauf, Mama. Ehre sei Gott in der Höhe! Kolosser! Kolosser 3.

Mutter von allem, was heilig ist, ich bin jetzt im Himmel. Ich stehe hinter den Leuten, die hinter Z wie Zebra stehen. Der Seelenhirt steht auf den Kirchenstufen mit einem geplatzten Mastdarm. Da steht: *Parken verboten.* Die Gebrüder Minsky sind an der Kasse und träumen vom Shannon. Die Pathé-Wochenschau klappert wie eine hohle Muskatnuß. Im Himalaja stehen die Mönche um Mitternacht auf und beten für alle, die schlafen, so daß Männer und Frauen in der ganzen Welt, wenn sie morgens aufwachen, den Tag mit reinen, guten und anständigen Gedanken beginnen können. Die Welt wird als Revue gezeigt: St. Moritz, die Oberammergauer Passionsspieler, Ödipus Rex, Pekinesen, Zyklone, Badeschönheiten. Meine Seele ist in Frieden. Wenn ich ein Bier und ein Schinkenbrot hätte, welche Zuversicht würde Jesus nicht zu mir haben! Laßt nur den Vorhang hochgehen. Shakespeare hat recht: *Spielt nur, und es wird sich zeigen!*

Und nun, meine Damen und Herren, geht der Vorhang auf über dem reinsten und saftigsten Stück, das je auf der westlichen Halbkugel vorgeführt wurde. Der Vorhang geht auf, meine Damen und Herren, über jenen Teil der Anatomie, die man die obere Magengegend, die Nabel- und die untere Magengegend nennt. Diese feinen Teile, ausgezeichnet mit 1.98 Dollar, sind noch nie dem amerikanischen Publikum vorgeführt worden. Minsky, der König der Juden, hat sie eigens aus der Rue de la Paix eingeführt. Dies ist die reinste und saftigste Show in New York. Und nun, meine Damen und Herren, wollen wir, während die Logendiener damit beschäftigt sind, den Saal auszuspritzen und auszuräuchern, Ihnen eine Anzahl garantiert echter französischer Postkarten überreichen. Mit jeder

Postkarte werden wir auch ein echtes deutsches, von Japanern in Zürich handgefertigtes Mikroskop liefern. Dieses, meine Damen und Herren, ist die saftigste, reinste Show der Welt. Minsky, der König der Juden, sagt es selbst. Der Vorhang geht hoch... der Vorhang geht hoch. Unter dem Schutz der Dunkelheit bespritzen die Logendiener die toten und lebenden Läuse, die Läusenester und Läuseeier, die in den dicken schwarzen, krausen Haaren jener verborgen sind, die keine Privatbäder haben, der armen, heimatlosen Juden der Ostseite. In ihrer schrecklichen Armut gehen sie in Pelzmänteln einher und verkaufen Streichhölzer und Schuhbänder. Nach außen hin sieht alles genauso aus wie die Place des Vosges oder Haymarket oder Covent Garden, nur daß diese Leute *glauben* – an Burroughs Rechenmaschine. Die Feuerleitern sind besetzt mit schwangeren Frauen, die sich selbst mit Radfahrpumpen aufgeblasen haben. Alle armen, verzweifelten Juden der Ostseite sind auf den Feuerleitern glücklich, weil sie beim Verzehren ihrer Schinkenbrote einen Fuß in den Wolken haben. Es riecht nach Lysol, aber dieser Geruch wird versüßt durch Wrigleys mit Minze gewürzten Kaugummi. Fünf Cent die Packung. Der Vorhang hebt sich über die einzigen Teile des menschlichen Körpers, die man am besten mit

Stillschweigen übergeht. Im Dezember des Lebens, wenn die Liebe ein Aschenhaufen ist, wird man sich nur mit Traurigkeit an die mit Sternen besäten Bananen erinnern, die über den gepanzerten Teilen der Bauch- und Nabelpartien des menschlichen Körpers baumeln. Minsky träumt im Kassenraum, seine Füße stehen auf höherem Grund. Die Oberammergauer spielen anderswo. Die Pekinesen werden für die Ausstellung, in der um das blaue Band gekämpft wird, gebadet und parfümiert. Schwester Blanchard sitzt mit Gebärmuttervorfall im Schaukelstuhl. Das Alter kommt, der Körper verwelkt, aber Leistenbrüche werden geheilt. Von der Feuerleiter aus sieht man die schöne, endlose Landschaft, genauso, wie sie von Cézanne gemalt wurde – mit Wellblechaschentonnen, verrosteten Büchsenöffnern, wacklig gewordenen Kinderwagen, Kupferkesseln, Muskatnußreiben und sorgfältig in Cellophan eingewickeltem, teilweise angeknabbertem Teegebäck. Dies ist die reinste, saftigste Show der Erde, eigens von der Rue de la Paix hergebracht. Man hat die Wahl zwischen zwei Dingen – entweder in die schwarzen Tiefen zu schauen oder empor ins Sonnenlicht, wo die Hoffnung auf Auferstehung über dem Sternenbanner schwebt, jedes von beiden garantiert echt. Steht still, Menschen, und schaut das Heil des Herrn. Cleo tanzt heute wie an jedem Abend dieser Woche, und es kostet nicht mal so viel wie ein gewöhnliches Erdbegräbnis. Der Tod kommt auf allen vieren wie ein Zweiglein Klee. Die Bühne glitzert wie der elektrische Stuhl. Cleo tanzt. Cleo, der Liebling der Götter und die Königin des elektrischen Stuhls.

Jetzt wirkt die Ruhe Scheveningens wie ein Betäubungsmittel. Der Vorhang hebt sich über Kolosser 3. Cleo tritt aus der Gebärmutter der Nacht, den Bauch von Grubengas geschwollen. Ehre sei Gott in der Höhe! Ich klettere die Leiter hinauf. Aus der Gebärmutter der Nacht steigt die alte Brooklyn-Brücke herauf, ein erstarrter Traum, der sich in Schaum und Mondfeuer zum Himmel schlängelt. Ein Summen und Zischen, ein Kratzen am Gitterwerk, ein Glitzern von Chrysopras, eine Feuersäule aus Naphtha. Die Nacht ist kalt, die Menschen gehen wie Galeerensklaven, die an eine Kugel gefesselt sind. Die Nacht ist kalt, aber die Königin ist bis auf einen Schamgürtel nackt. Die Königin tanzt auf der erkalteten Asche des elektrischen Stuhls. Cleo, der Liebling der Juden, tanzt auf der Spitze ihrer lakkierten Nägel. Ihre Augen sind verdreht, ihre Ohren mit Blut gefüllt. Sie tanzt durch die kalte Nacht zu angemessenen Preisen. Sie wird an jedem Abend dieser Woche tanzen, um den Platinbrücken den Weg zu bereiten. O Männer, hinter dem *virumque cano*, hinter dem Duodezimalsystem, hinter der Meeresluftlinie steht die Königin von Tammany Hall. Sie steht barfüßig, den Bauch von Grubengas geschwollen, ihr Nabel hebt sich in systolischen Hexametern. Cleo, die Königin, reiner als der reinste Asphalt, wärmer als die wärmste Elektrizität, Cleo, die Königin und der Liebling der Götter, tanzt auf dem Asbestsitz des elektrischen Stuhls. Am Morgen wird sie nach Singapur, Rangun und Moçambique fahren. Ihr Dreimaster ankert in der Gosse. Ihre Sklaven wimmeln von Ungeziefer. Tief in der Gebärmutter der Nacht tanzt sie das Lied des Heils. Wir gehen alle geschlossen auf «Herren», um auf höherem Grund zu stehen. Auf «Herren» ist es reinlich, trocken und wehmütig wie auf einem Friedhof.

Nun stelle man sich vor, daß es beim Fallen des Vorhangs prächtiges Wetter ist und eine laue Luft weht und von der Bucht her der Geruch von Muscheln kommt. Man geht am Strand des Atlantischen Ozeans in seinem Zementanzug und mit Socken spazieren, die vergoldete Absätze haben – da steigt einem das Brüllen von Chop Suey in die Ohren. Der Broadway, der Große Weiße Weg, sprüht von Zündkerzen. Die Bedürfnisanstalten sind geöffnet. Man versucht, sich niederzusetzen, ohne die Bügelfalten in den Hosen zu zerknittern. Man setzt sich auf den reinen Asphalt und läßt sich von den Pfauen den Kehlkopf kitzeln. Die Gossen fließen von Champagner über. Der einzige Geruch ist der Geruch der Muscheln aus der Bucht. Es ist ein schöner, balsamischer Tag, und alle Radios gehen gleichzeitig. Man kann sich ein Radio kaufen, das an den Hintern geheftet wird – kostet nur ein wenig mehr. Man kann Manila oder Honolulu beim Spazierengehen einstellen. Man kann Eis zum Eiswasser haben oder sich beide Nieren gleichzeitig entfernen lassen. Wenn einem der Starrkrampf den Mund schließt, so kann man sich eine Röhre in den Mastdarm einführen lassen und sich einbilden, man äße. Man kann alles Wünschenswerte haben, man muß es nur verlangen. Das heißt, wenn ein schöner, balsamischer Tag ist und der Geruch von Muscheln von der Bucht hereinkommt. Warum wohl? Weil Amerika das großartigste Land ist, das Gott je geschaffen hat, und wenn es einem in diesem Land nicht gefällt, so soll man sich zum Teufel scheren oder dorthin gehen, woher man gekommen ist. Es gibt nichts in der Welt, was Amerika nicht für einen tun würde, wenn man nur wie ein Mann darum bittet. Man kann auf dem elektrischen Stuhl sitzen und, während der Strom an-

gedreht wird, alle Einzelheiten über die eigene Hinrichtung lesen.

Eine ununterbrochene Vorstellung von morgens bis mitternachts. Die saftigste, unanstößigste Schau der Erde. So saftig und unanstößig, daß sie einen zur Verzweiflung und in die Einsamkeit treibt.

Ich gehe über die Brooklyn-Brücke und setze mich gegenüber meinem Geburtshaus in den Schnee. Ein entsetzliches, herzbrechendes Einsamkeitsgefühl erfaßt mich. Ich sehe mich noch nicht in Freddies Bar in der Rue Pigalle stehen. Ich sehe noch nicht die englische Vogelscheuche, der alle Vorderzähne fehlen. Nur eine Wüste von weißem Schnee und in ihrer Mitte das kleine Haus, in dem ich geboren bin. In diesem Haus träumte ich davon, ein Musiker zu werden. Als ich so vor meinem Geburtshaus sitze, habe ich das Gefühl, daß ich absolut einzigartig bin. Ich gehöre einem Orchester an, für das noch keine Symphonien geschrieben sind. Alles ist in einer falschen Tonart, *Parsifal* eingeschlossen. Da ich gerade von *Parsifal* spreche, fällt mir ein kleiner Zwischenfall ein, der jedoch in der richtigen Tonart ist. Er hat etwas mit Amerika, mit meiner Musikliebe und meiner grotesken Einsamkeit zu tun.

Eines Abends stand ich auf der Galerie der

Metropolitan Opera in New York. Das Haus war ausverkauft, und ich stand etwa drei Reihen von der Balustrade entfernt. Ich konnte nur ein kleines Bruchstück der Szene sehen, und selbst dann mußte ich den Hals recken. Aber ich konnte die Musik hören, Wagners *Parsifal,* mit dem ich mich schon durch Schallplatten leicht vertraut gemacht hatte. Teile der Oper sind langweilig, langweiliger als alles, was je geschrieben worden ist. Aber andere Teile sind von großartiger Erhabenheit, und gerade während dieser Teile passierte mir etwas Peinliches, weil ich wie eine Sardine eingequetscht war – ich bekam eine Erektion. Die Frau, gegen die ich gepreßt stand, mußte auch etwas von der erhabenen Musik des heiligen Grals gespürt haben. Wir waren beide in Hitze und wie ein paar Sardinen zusammengeklebt. Während der Pause verließ die Frau ihren Platz und ging im Foyer auf und ab. Ich blieb, wo ich war, und war gespannt, ob sie wieder an dieselbe Stelle zurückkehren würde. Als die Musik wieder anhub, kam sie wieder. Sie kehrte so genau an denselben Platz zurück, daß es nicht vollkommener hätte sein können, wenn wir verheiratet gewesen wären. Während des ganzen letzten Aktes waren wir in himmlischer Seligkeit vereint. Es war schön und erhaben, näher an Boccaccio als an Dante, aber trotzdem schön und erhaben.

Während ich im Schnee vor meinem Geburtshaus sitze, erinnere ich mich lebhaft an diesen Zwischenfall. Warum, weiß ich nicht, außer daß er einen Zusammenhang mit dem Grotesken und Leeren, mit der herzbrechenden Einsamkeit und dem Fehlen jeder Farbe und Musik hat. Wenn man schnell geht, schläft man immer ein. Man fängt mit dem Erhabenen an und endet in einer Gasse, wo man auf Teufel komm raus arbeitet.

Am Samstagnachmittag zum Beispiel, wenn man in Bill Woodruffs Autoreparaturwerkstätte Ketten aufbricht. Man schuftet den ganzen Nachmittag für einen halben Dollar. Nachher gingen wir alle in Bill Woodruffs Wohnung und tranken uns dort einen an. Wenn es dunkel wurde, nahm Bill Woodruff sein Opernglas, und wir betrachteten alle nacheinander die Frau, die sich gegenüber auf dem Hof bei offenem Fenster auszog. Diese Geschichte mit dem Opernglas brachte Bill Woodruffs Frau immer in Wut. Um sich zu rächen, kam sie in einem ziemlich durchlöcherten Negligé herein.

Ein kaltes Aas, diese Frau, aber es machte ihr Spaß, zu einem seiner Freunde hinzugehen und zu sagen: «Fühl mal meinen Hintern! Fühl mal, wie feist er wird.» Bill Woodruff tat so, als ob ihm nichts dran läge. «Fühl nur», sagte er. «Sie

ist kalt wie Eis.» Und so ging sie von einem zum andern, und jeder befühlte ihren Hintern, um sie ein bißchen aufzuwärmen. Ein drolliges Paar, diese beiden. Manchmal glaubte man, sie seien verliebt. Sie machte ihn jedoch elend, weil sie ihn so selten ließ. Er sagte oft: «Ich kann sie vielleicht einmal im Monat ficken – *wenn ich Glück habe.*» Das sagte er ganz offen, wenn sie dabei war. Es machte ihr nicht viel aus. Sie lachte darüber, als wäre es eine ganz unbedeutende Sache.

Wäre sie nur kalt gewesen, so wäre es nicht so schlimm gewesen. Aber sie war auch habgierig. Immer jammerte sie wegen Geld. Immer verlangte sie etwas, was sie sich nicht leisten konnten. Es ging ihm auf die Nerven, was leicht zu verstehen ist, weil er selbst ein geiziger, knauseriger Hund war. Eines Tages jedoch kam ihm ein glänzender Gedanke. «Du willst mehr Geld?» sagte er zu ihr. «Gut, ich werde dir's geben, aber zuerst mußt du mir ein bißchen den Schwanz einfädeln.» (Auf den Gedanken, daß er eine andere finden könnte, die einen Fick um seiner selbst willen liebte, kam dieser blöde Hund nicht.) Nun, jedenfalls ereignete sich das Erstaunliche, daß sie jedesmal, wenn sie ihm eine Extraportion genehmigte, wie der Teufel drauflosrammelte. Er war baß erstaunt, denn er hielt es nicht für möglich, daß sie so etwas in sich

hatte. Er machte allmählich Überstunden, um die Bestechungssumme erübrigen zu können, die aus einem kalten Eiszapfen eine Nymphomanin machte. (Niemals kam er auf den Gedanken, der elende Tropf, das Geld in eine andere zu investieren.) Mittlerweile entdeckten Freunde und Nachbarn, daß Bill Woodruffs Frau keine so kalte Henne war, für die sie bisher gegolten hatte. Sie schlief anscheinend mit jedem Hinz und Kunz. Warum sie ihrem angetrauten Gemahl nicht einen kleinen Bissen *gratis* abgab, konnte sich keiner enträtseln. Sie benahm sich so, als wäre er ihr zuwider. Das war gleich im Anfang so gewesen. Ob sie nun frigide war oder nicht, spielt hier keine Rolle. Soweit es ihn anging, war sie frigide. Sie hätte ihn bis zu seinem Sterbetag für jeden kleinen Bissen zahlen lassen, wenn ihm nicht jemand klaren Wein über sie eingeschenkt hätte.

Nun, Bill Woodruff war ein ganz pfiffiger Hund. Ein gemeiner, knauseriger Kerl, wenn es je einen gegeben hat, aber er konnte auch verdammt auf Draht sein, wenn es nötig war. Als er hörte, wie es seine Frau trieb, sagte er kein Wort, sondern tat so, als wäre nichts geschehen und alles beim alten. Nachdem das nun lange genug so weitergegangen war, wartete er eines Abends, bis sie heimkam, was er selten tat, weil er früh

aufstehen mußte und sie erst spät heimzukommen pflegte. An diesem Abend jedoch wartete er auf sie, und als sie pikfein, schnippisch, ein wenig angesäuselt und kalt wie gewöhnlich hereinkam, trat er ihr plötzlich entgegen und fragte sie kurz und bündig: «Wo bist du heute abend gewesen?» Sie versuchte ihm etwas vorzumachen, wie sie es schon öfter getan hatte. «Schluß damit!» sagte er. «Zieh deine Klamotten aus und leg dich aufs Bett.» Das machte sie wütend. Sie erklärte ihm rund heraus, daß sie davon nichts wissen wolle. «Du bist wohl nicht in der Stimmung», meinte er und fügte dann hinzu: «Das trifft sich gut, denn ich möchte dich jetzt ein bißchen aufwärmen.» Dann bindet er sie ans Bett, steckt ihr einen Knebel in den Mund und holt sich seinen Rasierriemen. Auf dem Wege zum Badezimmer nimmt er einen Topf Senf aus der Küche mit. Er kommt mit dem Rasierriemen zurück und läßt ihn auf sie niedersausen, daß sie keinen Tropfen mehr in der Blase behält. Darauf reibt er ihr den Senf in die aufgesprungene Haut ein. «Das sollte dich eigentlich für heute warm halten», sagte er, beugte sie nieder und spreizte ihr die Beine auseinander. «Und nun», fügte er hinzu, «werde ich dich wie gewöhnlich bezahlen.» Er nimmt einen Schein aus der Tasche, zerknüllt ihn und schiebt ihn ihr hinein… Das ist

alles über Bill Woodruff. Bei näherem Nachdenken muß ich jedoch noch hinzusetzen, daß er, leichtherzig, wie er war, tapfer seinen Weg fortsetzte und geduldig die Hörner trug, die seine Frau Jadwiga ihm aufgesetzt hatte. – Und der Sinn dieser Geschichte? Ich will damit beweisen, was man noch nicht genügend klar zum Ausdruck gebracht hat, nämlich, daß

Der größte Künstler derjenige ist, der die Romantik in sich überwindet.

Eingeordnet unter R wie Rattengift.

Und was nun? werden Sie sagen.

Nur dies... Wenn die Zeit da war, Tante Melia im Irrenhaus zu besuchen, machte Mutter eine kleine Mahlzeit zurecht und sagte, als sie die Flasche zwischen die Tücher legte: «Mele hat immer gern einen Tropfen Kümmel getrunken.»

Wenn nun Mutter an die Reihe kam, Mele zu besuchen, fragte sie: «Nun, Mele, hat dir der Kümmel geschmeckt?» Aber Mele schüttelte den Kopf und sagte: «Was für ein Kümmel? Ich habe keinen Kümmel gesehen.» Nun, man könnte darauf sagen, sie ist verrückt, natürlich hat sie den Kümmel bekommen, aber was hatte es für einen Sinn, Meles Kehle mit einem Tropfen Kümmel zu beträufeln, wenn sie so gänzlich von Sinnen war, daß sie ihren eigenen Dreck verschluckte?

Wenn es ein sonniger Tag war und mein Freund Stanley von seinem Onkel, dem Engelmacher, beauftragt wurde, eine Totgeburt auf den Friedhof zu tragen, fuhren wir mit dem Fährboot nach Staten Island, und wenn die Freiheitsstatue in Sicht kam – über Bord damit! Wenn es aber regnete, gingen wir in ein anderes Viertel und warfen die Totgeburt in den Abzugskanal. Ein solcher Tag war ein Festtag für alle Kanalratten. Man stelle sich vor, wie die Ratten da durch die Eingangshalle zur Oberwelt rannten! In jener Zeit brachte eine Totgeburt bis zu 10 Dollar. Nachdem wir tüchtig gelumpt hatten, ließen wir immer etwas abgestandenes Bier für den Morgen übrig, weil das beste Mittel gegen den Katzenjammer ein Glas abgestandenes Bier ist.

Ich spreche von Dingen, die mir im Anfang Erleichterung gebracht haben. Es ist der Anfang der Welt, man befindet sich in einem von Buchsbäumen eingeschlossenen Garten. Der Himmel steigt stufenweise auf wie Sanddünen, und es gibt nicht ein Firmament, sondern deren Millionen. Die Kruste jedes Planeten ist wie ein Auge zugeschnitten, ein sehr menschliches Auge, das nicht blinzelt und nicht zwinkert. Man ist dabei, ein schönes Buch zu schreiben und in ihm alles zu berichten, was einem Schmerz oder Freude

verursacht hat. Dieses Buch wird, wenn es geschrieben ist, *Prolegomena zum Unbewußten* heißen. Man wird es in weißes Maroquinleder binden, es wird in erhabenen Goldbuchstaben gedruckt werden. Es wird unsere Lebensgeschichte ohne jede Verschönerung sein. Jeder wird es lesen wollen, weil es die unbewußte Wahrheit enthält und nichts als die Wahrheit. Diese Geschichte wird einen im Schlaf aufwachen lassen, sie wird einem die Tränen in die Augen treiben, wenn man mitten in einem Ballsaal ist und einem plötzlich zum Bewußtsein kommt, daß von all den Leuten ringsum keiner weiß, was für ein Genie man ist. Wie würden sie lachen und weinen, wenn sie nur lesen könnten, was man noch nicht geschrieben hat, weil jedes Wort absolut wahr ist und bis jetzt noch niemand außer mir gewagt hat, diese absolute Wahrheit zu schreiben, und dieses wahre Buch, das in dir eingeschlossen ist, würde die Leute zum Lachen und Weinen bringen, so wie sie noch nie gelacht und geweint haben.

Im Anfang bringt das Erleichterung – das wahre Buch, das niemand gelesen hat, das Buch, das man in sich trägt, das in weißes Leder gebundene und mit Goldbuchstaben gedruckte Buch. In diesem Buch sind einem viele Verse kolossal lieb. Aus diesem Buch entstanden die Bibel, der

Koran und alle heiligen Bücher des Ostens. Alle diese Bücher wurden im Anfang der Welt geschrieben.

Und nun werde ich von der technischen Seite dieses Buches erzählen, *dieses* Buches, dessen Entstehen ich nun berichten werde.

Wenn man dieses Buch öffnet, so wird man sofort bemerken, daß die Illustrationen ein eigenartiges, schleimiges Aussehen haben. Man wird sofort bemerken, daß der Autor die optische Illusion aufgegeben und es vorgezogen hat, die Dinge mit seinem Zirbeldrüsenauge zu sehen. Das Titelbild ist gewöhnlich ein Selbstporträt des Künstlers, genannt *Praxus*. Es zeigt den Verfasser im Trikot an der Grenze des Zentralgehirns. Er trägt immer eine Brille mit dicken Linsen, konvexe Linsen, Flansche U-31. Im gewöhnlichen Wachleben leidet der Verfasser unter normaler Sicht, aber auf dem Titelbild macht er sich kurzsichtig, um unmittelbar das Traumplasma zu erfassen. Mit Hilfe der Traumtechnik schält er die äußeren Hüllen seiner geologischen Sterblichkeit ab und kommt mit seinem wahren mantischen Selbst in Berührung, einem nicht schichtartig gelagerten Gebiet halbflüssigen Charakters. Nur die amorphe Seite seiner Natur besitzt jetzt Gültigkeit. Indem er das sichtbare Ich versenkt, taucht er mit seinem amöbischen

Selbst unter die Schwelle seiner schizophrenen Veranlagung.

Er schwimmt fröhlich ad libitum im Fetusfruchtwasser.

Aber was bedeutet, wird man fragen, der Vogel in seiner linken Hand?

Nur dies: Der Vogel ist rein metaphysisch – eine Quaternärart des *genus dodo*, die eine winzige Rückenöffnung hat, durch die sie Kanzelreden über die Natur aller Dinge hält. Als Spezies ist sie ausgestorben, als *eidolon* behält sie ihre Körperlichkeit – aber nur, wenn sie im Gleichgewichtszustand gehalten wird. Die Deutschen haben sie in der Kuckucksuhr unsterblich gemacht, in Siam wird sie auf den Münzen der 23. Dynastie gefunden. Die Flügel sind, wie man bemerken wird, fast verkümmert, weil sie in der Pseudokatalepsie des Traumes nicht zu fliegen braucht, sie braucht sich bloß *vorzustellen*, daß sie fliegt. Die Scharniere des Schnabels sind leicht verschoben, weil die ursprünglichen Kugellager beim Überfliegen der Wüste Gobi verlorengegangen sind. Der Vogel ist bestimmt nicht obszön, man hat nie gesehen, daß er sein Nest beschmutzt. Er legt ein geflecktes Ei etwa von der Größe einer Walnuß, wenn er im Begriff ist, eine Metamorphose durchzumachen. Er nährt sich vom Absoluten, wenn er Hunger hat, ist

aber kein Aasvogel. Er ist ein ausgesprochener Zugvogel und fliegt trotz seiner verkümmerten Schwingen unablässig über große imaginäre Flächen.

Wenn dies klar ist, können wir zu etwas anderem übergehen – zu dem eigentümlichen Gegenstand zum Beispiel, der an dem linken Ellbogen des Verfassers baumelt. Mit geziemender Demut muß ich zugeben, daß dieser ein bißchen schwerer zu erklären ist, da er ein Bild von großer subjunktivischer Schönheit ist und seine Heimat in dem narbigen Gewebe des Hintergehirns hat. In erster Linie wird man bemerken, daß er, obgleich er dem Ellbogen nahe ist, nicht am Ellbogen hängt. Er liegt asymptotisch an der Verbindungsstelle zwischen Vorder- und Oberarm – das heißt, er ist eher ein Symbol als ein fest umrissener ideologischer Begriff. Die ganz unten sichtbaren Zahlen entsprechen gewissen Runenzeichen, welche die unter dem Namen Metronym bekannten gemeinnützigen Erfindungen zur Folge gehabt haben. Diese Zahlen liegen aller musikalischen Komposition, soweit sie unwägbare Metaphysik ist, zugrunde. Sie führen den Geist zu organischen Modalitäten, so daß Gestalt und Form die elegante Stetigkeit der Logik stützen können.

Nachdem dies klargeworden ist, will ich noch

hinzufügen, daß der konische Gegenstand im Hintergrund notwendigerweise nur eine Auslegung zuläßt: Faulheit. Nicht gewöhnliche Faulheit im Sinne der paulinischen Lehre, sondern eine Art spasmischen Phlegmas, das durch die bleiernen Dünste des Vergnügens erzeugt wird. Es ist kaum nötig, eingehend darzulegen, daß der Schein über dem konischen Gegenstand weder ein Diskus noch ein Rettungsring ist, sondern ein rein epistemologisches Phänomen, das heißt ein Phantastikon, das seinen Standort in den melancholischen Ringen des Saturn hat.

Und nun, lieber Leser, möchte ich, daß Sie sich darauf vorbereiten, mir eine Frage zu stellen, bevor ich dieses Porträt unter P wie Petunie ablege. Will vielleicht jemand noch Zeugnis geben, bevor wir hingehen, um noch einen Blick auf das liebe Gesicht des Toten zu werfen? Höre ich jemanden sprechen, oder knarrt nur ein Schuh? Es scheint mir, ich höre jemanden etwas fragen. Jemand fragt mich, ob der feine Schatten an der Horizontlinie ein Homunkulus ist? Stimmt das? Fragen Sie mich, Bruder Eaton, ob der feine Schatten an der Horizontlinie ein Homunkulus sein kann?

Bruder Eaton weiß es nicht. Er sagt, es könnte sein, es könnte aber auch nicht sein.

Nun, Sie haben recht und haben unrecht, Bruder Eaton. Unrecht, weil das Hypothekengesetz nicht erlaubt, sich aus dem Staube zu machen; unrecht, weil die Gleichung durch ein Sternchen übertragen wird, wogegen das Zeichen deutlich auf Unendlichkeit zeigt; recht, weil alles, was unrecht ist, mit Unsicherheit zu tun hat und zur Beseitigung toter Materie eine Klistierspritze nicht genügt. Bruder Eaton, was Sie am Horizont sehen, ist weder ein Homunkulus noch ein Zylinderhut. Es ist der Schatten von Praxus. Je größer Praxus wird, desto kleiner wird der Schatten. Je mehr Praxus die Grenzen des tertiären Mondes überschreitet, desto mehr streift er seine irdische Erscheinung ab. Allmählich entledigt er sich gänzlich des Spiegels der Substanzialität. Wenn die letzte Illusion beseitigt ist, wirft Praxus keinen Schatten mehr. Er steht dann auf dem 49. Breitengrad der ungeschriebenen Ekloge und schwindet in kaltem Feuer dahin. Es wird dann keine Paranoia mehr geben, da alles übrige gleich ist. Der Körper wird seine Hüllen abwerfen, und die Organe des Menschen werden sich stolz im Licht zeigen. Sollte ein Krieg ausbrechen, so wolle man bitte die Eingeweide nach ihrer astrologischen Bedeutung neu ordnen. Über die inneren Teile dämmert der Morgen herauf. Keine Logik, keine Wahrsagung aus den Eingeweiden mehr. Dann wird ein neuer Himmel und eine neue Erde sein. Der Mensch wird Absolution erhalten. Abgelegt unter A wie anagogisch.

50 JAHRE ROWOHLT ROTATIONS ROMANE

50 Taschenbücher im Jubiläumsformat
Einmalige Ausgabe

Paul Auster, *Szenen aus «Smoke»*
Simone de Beauvoir, *Aus Gesprächen mit Jean-Paul Sartre*
Wolfgang Borchert, *Liebe blaue graue Nacht*
Richard Brautigan, *Wir lernen uns kennen*
Harold Brodkey, *Der verschwenderische Träumer*
Albert Camus, *Licht und Schatten*
Truman Capote, *Landkarten in Prosa*
John Cheever, *O Jugend, o Schönheit*
Michael Crichton, *Die Lehren des Kaktus*
Roald Dahl, *Der Weltmeister*
Karlheinz Deschner, *Bissige Aphorismen*
Colin Dexter, *Phantasie und Wirklichkeit*
Joan Didion, *Wo die Küsse niemals enden*
Hans Fallada, *Reisevorbereitungen*
Hannah Green, *Kinder der Freude*
Václav Havel, *Von welcher Zukunft ich träume*
Stephen Hawking, *Ist alles vorherbestimmt?*
Elke Heidenreich, *Dein Max*
Ernest Hemingway, *Indianerlager*
James Herriot, *Sieben Katzengeschichten*
Rolf Hochhuth, *Resignation oder Die Geschichte einer Ehe*
Klugmann/Mathews, *Kleinkrieg*
D. H. Lawrence, *Die blauen Mokassins*
Klaus Mann, *Der Vater lacht*
Armistead Maupin, *So fing alles an ...*
Henry Miller, *Der Engel ist mein Wasserzeichen*

50 JAHRE ROWOHLT ROTATIONS ROMANE

Nancy Mitford, *Böse Gedanken einer englischen Lady*
Toni Morrison, *Vom Schatten schwärmen*
Milena Moser, *Mörderische Erzählungen*
Herta Müller, *Drückender Tango*
Robert Musil, *Die Amsel*
Vladimir Nabokov, *Eine russische Schönheit*
Dorothy Parker, *Dämmerung vor dem Feuerwerk*
Rosamunde Pilcher, *Liebe im Spiel*
Gero von Randow, *Der hundertste Affe*
Ruth Rendell, *Wölfchen*
Philip Roth, *Grün hinter den Ohren*
Peter Rühmkorf, *Gedichte*
Oliver Sacks, *Der letzte Hippie*
Jean-Paul Sartre, *Intimität*
Dorothy L. Sayers, *Eine trinkfeste Frage des guten Geschmacks*
Isaac B. Singer, *Die kleinen Schuhmacher*
Maj Sjöwall/Per Wahlöö, *Lang, lang ist's her*
Tilman Spengler, *Chinesische Reisebilder*
James Thurber, *Über das Familienleben der Hunde*
Kurt Tucholsky, *So verschieden ist es im menschlichen Leben*
John Updike, *Dein Liebhaber hat eben angerufen*
Alice Walker, *Blicke vom Tigerrücken*
Janwillem van de Wetering, *Leider war es Mord*
P. G. Wodehouse, *Geschichten von Jeeves und Wooster*

Programmänderungen vorbehalten